孩子们

チルドレン

〔日〕伊坂幸太郎 著

黄真 译

南海出版公司

新经典文化股份有限公司
www.readinglife.com
出　品

孩子们

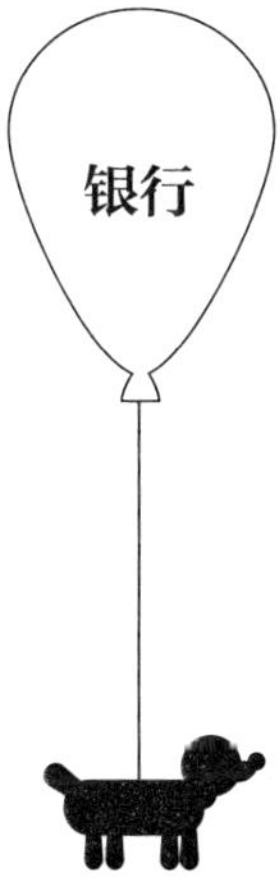
银行

垃圾

在鸭居还小的时候，他坚信自己会成为一个足球运动员。尽管他对自己的将来做过各种各样的遐想，然而成为银行劫匪的人质却是他始料未及的，更何况还是一个戴着动漫面具的人质，这真是比意料之外还要意外。人生无处不惊险——他现在是深刻体会到了。

鸭居的双手被反绑在身后，双腿跪地，膝盖被绳子绑住。他的眼睛没有被蒙住，脸上却被戴了一副塑料面具。这是在庙会上常见的面具，可以肯定是动画里的角色，但人物的具体名字判断不出来。其他人质也一律被扣上了面具。这样的氛围既说不上滑稽，也称不上恐怖。对鸭居来说，比起成为银行劫匪的人质，他更害怕的是自己虽已是大学生，却还要被迫戴上这种幼稚的面具。

因为戴着面具，鸭居这一班人质理应感到呼吸困难，唯独一旁的阵内还在喋喋不休。

“我以前读的高中，可是出了名的校规严厉。那个校规，差不多就是绝不宽赦，所谓‘秋霜烈日[①]’就是那样。所以嘛，我早就习惯被剥夺自由了。”阵内把脸靠过来，小声说道。

真是个停不住嘴的家伙，鸭居有些厌烦。

“您还是安静点的好。”身后一个戴着面具的人将脸凑过来，悄声说道。他大概就是支行行长，稀疏的头发虽说和年龄相配，但因为遮了一层面具，脑袋上那撮头发愈加醒目，直招人可怜。

鸭居扫了一眼时钟，已经是下午四点。他心想，要是早点来银行就好了。要说哪儿出了差错，肯定是错在了那个时候。

一个小时前，当鸭居和阵内到达位于仙台站东口的这家支行时，支行的卷帘门已经开始下落。门关了大半，银行与其说还在营业，倒不如说是即将下班的状态。可阵内一点也不在乎。

“将将赶上。”

“明明就没有赶上。”

阵内没理会鸭居的话，抱好挂在肩上的吉他软包，从正往下落的卷帘门与地面之间的缝隙中钻了进去。虽说相识只有半年，但鸭居已经摸透了这个朋友的性格，早就知道阵内听不进他的意见。尽管很不情愿，鸭居还是跟着阵内进去了。

---

①对日本检察官徽章设计的称呼。红色旭日上点缀着白色菊花花瓣和金色叶片，寓意“冷如秋霜，烈如夏日”，形容刑罚、权威、节操之严。

一进银行，一个戴眼镜的职员便朝阵内走来。他脸上挂着僵硬的笑容，低头行礼。

这家支行并不是很大，窗口共有三个，职员也没几个。

戴眼镜的职员一个劲儿地解释道："我们的营业时间已经结束了。"他语气柔和，并不给人以傲慢的感觉，让人颇有好感。

"顾客来了却打算关门，这算哪门子事？"阵内激动起来，"你告诉我，到底有什么必要非得卡在三点关门不可？刚到三点你们就停止营业，让谁得了好处？把我赶出去，又让你们谁得了便宜？"

"请问您有急事吗？"戴眼镜的职员轻声细语，面对阵内这个二十岁不到的毛头小子也毫不刻薄，一副生意人的样子。

"就是急事！"阵内怒道。

鸭居在心里叹了一口气。阵内打算办的事，不过是将刚刚转入账户的打工工资取出来交学费，仅此而已。即便银行关门了，也可以用自动取款机，根本没必要在这儿较真，可阵内却寸步不让。

"什么叫营业时间已经结束了？跟时间比起来，顾客才更重要吧？不是说时间就是金钱吗？既然时间等于金钱，而银行是保管金钱的地方，那么这里也就存着很多时间，不对吗？"

用站不住脚的理由让别人为难，是阵内的一大恶癖。如果对方是年纪比他大的人，他就更来劲。鸭居甚至想，阵内或许是把眼前这个年长的男人和被他视如仇敌的父亲重合在一起了。此时的情景像极了阵内力图将自己憎恨的父亲驳倒时的场面。

"别胡闹了，阵内。这会给人家添麻烦的。"

“我啊，最讨厌这种死板规矩了。”

“遵守规定并不是坏事。”

“不讲变通的人才有毛病！”

鸭居挠了挠头。真要追究起来，放着银行的急事不管，一直赖在快餐店不走的人不就是你吗？对着一堆垃圾食品狼吞虎咽，还把时间看错了，这明明就是你的不对。鸭居张开嘴，本打算这么数落阵内一番，却没能将这些话说出来。

因为劫匪闯进来了。

两名男子各拿一把形似猎枪的东西，从关到一半的卷帘门下钻了进来，出现在众人眼前。枪口立刻指向银行职员们。

鸭居仍张着嘴，呆呆地看着阵内的脸。这是怎么回事？

阵内也目瞪口呆。

劫匪

劫匪们技巧娴熟得让人呆若木鸡。两人都戴着大墨镜，挂着口罩，大概是油漆工用的那种，是实打实的口罩，形状像圆形茶碗，适合给拆屋工人防粉尘用。他们用戴着手套的手握枪，脸上则用红色的塑料胶带贴了个“×”的记号。至于为什么要在那个地方贴胶带，鸭居委实不能明白。

闯进银行后，他们最先干的事是破坏银行内的摄像头。两把枪被他们像球拍一样挥来挥去，摄像头一个接一个应声碎裂。不经意间，银行的卷帘门已经关到了底。

两个劫匪都穿灰色西装，体格和发型也很相像，但身高上有十厘米左右的差距。鸭居心想，要把他们分辨出来还算容易：大个子和小个子，就和快餐饮料有大小杯一样。

待卷帘门完全关闭，高个劫匪立刻打开一个藏青色旅行包，对离他最近的女职员吩咐道："用这些绳子把所有人都绑起来。"说完便从中取出白色的塑料绳交给她。

人质中，银行职员占了大半。十二个人质里有八个银行职员，顾客除了鸭居和阵内外，还有一个年轻人和一个主妇模样的女人。

"把所有人都绑起来！"高个劫匪下了命令，随后说道，"绑完后把这个戴上！"他从包里拿出面具。这些动漫人物的面具与此时遭遇银行劫匪的情形看上去很不搭调。

"还有，"劫匪进一步指示道，"如果有人带了手机，通通收上来，放到我面前！"

女职员怯生生地点点头，既不反抗也不辩驳，默默地开始行动。她将人质逐个绑好，又一一给人质戴上面具。这真是一副奇妙的光景：老成的大人们个个都戴上了庙会常见的面具。最后，女职员翻遍大家的口袋，拿走了手机。

人质们虽然被绑着，但还能说话。鸭居趁着被绑的工夫向一旁的阵内抱怨道："要是你不在这儿讲歪理，老老实实回去，也不至于会是这个样子。"

"你这是在怪我吗？"阵内露出一副意外的表情，"怪也要怪那些没取号的劫匪吧？你自己看看那上面写着什么！不是说'需要到窗口办理业务的顾客，请取号等候受理'吗？就算有急事，也必须按顺序等候嘛。"

正好在这个时候，一个劫匪走到窗口柜台附近，然后响起了撕扯号码券的声音。

朋克

鸭居想起了第一次见到阵内时的情形。那是他刚上大学的那个春天。当时他没什么朋友，无处打发大把的寂寞时光，夜晚一个人无所事事地游走在街头。

带有巨大顶棚的商店街后面的小道上，阵内正抱着吉他，演奏鲍勃·迪伦[1] 的曲子。他孤身一人，自暴自弃似的飞速弹着。左手在音品上疾若飞舞，右手则不紧不慢地拨动琴弦。原曲的旋律和节拍在他手中已经面目全非，鸭居花了很长时间才分辨出他是在弹鲍勃·迪伦。

其他街头艺人周围多少都有些看客，而阵内的周围却只有鸭居一人。这大概是因为他弹的曲子和那些招人驻足、让人心驰神

①美国摇滚、民谣艺术家。

往的曲子相去甚远，如果非形容不可，他的曲子简直是在挑衅路人，招人反感，让人敬而远之。要是赶时间，鸭居是绝对不会站在那里听到最后的。

演奏终了，阵内面无表情地走到鸭居面前。“怎么样？”他问起鸭居的感想来。

“技巧不错，可弹得乱七八糟，根本听不出歌词。”鸭居诚实回答。

阵内却开心地露出了满意的笑脸。“是吧？”随后阵内挺起胸膛，宣布自己的音乐是货真价实的朋克摇滚。“所谓朋克摇滚，就是起身反抗。”

鸭居后来才知道，阵内的父亲是个相当严苛的人。他或许是企业高管，或许是政府部门的官员，也可能是律师、医生或者教师那种需要执业资格的职业。虽然鸭居不太清楚，但那一定是个在社会上有地位的人。

阵内告诉鸭居，他的父亲既没夸奖过他，也不曾开过什么玩笑，家中的氛围一直很严肃。

“他可是个道貌岸然的狡辩家，是个不会行动、只知道积累知识的家伙。他绝不会说‘我不知道’。”阵内皱眉说道，“一面当正人君子，一面却不知廉耻。”阵内说完，苦笑了一下。

“不知廉耻”这个词，此时在鸭居看来显得有些夸张。

“就是那样一个老爸，居然会花钱和一个十多岁的女生做爱。”阵内仿佛在说一件和自己无关的事，“不过，我可不关心那些常识啊道德啊什么的。如果他只是个好色的老爸，我还能原谅。我实在无法容忍的是那个道貌岸然、一身自信的老爸，到头来还会向女高中生花钱买春。这就跟假装谦谦君子的高中老师对自己的学生下手一样。脑袋里满是大道理的人，结果却做出了最龌龊的行为。要是有认错的态度也还好，偏偏还要假正经，再恶心不过了。是吧？”阵内打开了话匣子，滔滔不绝，“我要是不揍他一顿，就咽不下这口气。”

就这样，鸭居理解了阵内爆发出来的叛逆心理和乖张言行：这些大概都源自对父亲的愤怒。

所以，当阵内在被绑前忽然站起来时，鸭居并不觉得有多意外。因为“起身反抗”是他的基本原则。

拿着绳子的女职员吃了一惊，抬眼看着阵内，脸色苍白。阵内不管这些，径直走向劫匪。

“你小子想干什么？”两个劫匪都将枪口对准了阵内。其中一个劫匪将口罩褪到下巴，大声说道：“别动！不老实，我就开枪了！”

“反正是把假枪吧？”阵内自信满满地说道，“你们到这儿来都还没打过一枪。再说，这里的摄像头，一枪打过去早就解决掉了，你们偏用枪托一个个拍碎。”

阵内朝劫匪步步逼近。“你们拿的都是假玩意儿，我已经看穿了！”他高声笑道，“别以为我会老老实实听你们的。”

阵内敏捷地抓住其中一个劫匪手中枪的枪身。这是相当危险的动作，鸭居瞬间闭上了眼，嘟囔道："真是个笨蛋！"

劫匪用力推开阵内，虽然个子矮，但还是有些臂力的。

阵内被这么一推，猛地撞向柜台，身子靠在窗口上。但他没有死心，磕磕碰碰地移动着，待站稳之后，又扑向劫匪。

劫匪怒喝一声，和阵内扭打在一起。

这时，枪声响了起来。

阵内身后的高个劫匪朝天花板开了一枪，接着又开了两枪。"这样还是假货吗？"他喝道，把枪口对准了阵内。

鸭居倒吸了一口凉气，移开视线。他的目光和旁边的银行职员不期而遇。虽然隔着一层面具，但鸭居感觉得到他们僵硬的表情，知道他们心里在暗骂：你这个朋友，太让人遭罪了。鸭居低下了头：十分抱歉，请原谅。

矮个劫匪发着牢骚皱起眉，或许是因为他们当初并没有计划开枪。而开了枪的劫匪，那个高个子，却亢奋起来，嘴角兴奋地歪着。

"喂，请冷静！"一个人质开口说道，是那个头发稀疏的职员。

"秃驴行长，你给我闭嘴！"劫匪明显正在兴头上，"带真家伙来是正确的选择，对不对？不带真枪还算哪门子劫匪？"

周围的人质们都被劫匪突如其来的吼声吓了一跳。

阵内仿佛终于死心。他一边后退，一边将手插进牛仔裤的口袋，坐到鸭居旁边。

和其他人质一样，阵内的双手也被捆住了。他把脸凑到鸭居面前，睁圆眼睛说道：“看见了吗？真家伙，差点就被他打死了。”

“阵内，你这是干什么？”

“我就是我，鸭居。”

等所有人都被绑好，大概已经过了十分钟。

除了阵内，女职员没再遇到猝不及防的情况。她机械地把人一个接一个绑好。大家的双手双脚都被捆得结结实实，收上来的手机也摆在了柜台上。最后，高个劫匪把女职员绑好，就这样，人质凑齐了一打。

恐慌

高个劫匪的语气依然溢满亢奋，激动得声音都变了调：“我们拿了钱马上就走。想上厕所就举手！大家好好配合，我们也好快点结束。”

“哪个傻瓜会帮银行劫匪的忙！”接茬喊起来的果然又是阵内。

真是没吃够苦头，鸭居脸都气歪了。恐怕这时候谁都是这样想的。鸭居预想下一瞬间阵内可能会被一枪打翻，准确地说，他是在期待一发不致重伤却够阵内好受的子弹，那样阵内说不定会受点教训。但出乎意料的是，劫匪很宽容。高个劫匪只是显出一副不高兴的表情，将枪口对准阵内，却没有扣动扳机的意思。

“干银行劫匪这行，风险高，又不讨好，”阵内非但不感谢劫匪的宽大处理，反倒还来劲了，“人质只会成为你们的累赘。你们这样把人绑着，人质肚子会饿，又不能上厕所，只会碍手碍脚，不是吗？”

阵内的这番话并非没有道理。虽然没有说出口，鸭居也深有同感。人质一方面是劫匪实现要求的筹码，另一方面也存在不稳定因素。人质中一旦出现恐慌或生病之类的情况，将会是无穷无尽的麻烦。要将所有人都统率起来，恐怕需要熟练的技巧。

没过多久，外面响起了警笛声。虽然隔着一层窗帘，但仍旧看得到红色的回旋警灯。不知道警车来了几辆，刹车制动的声音接连传来，扩音器的声音也能远远听见。

令鸭居感到不可思议的是，听到外面的车声人声，他才终于真切地感到自己已经被卷进一起案子。眼前所见之物的轮廓就好像正在收紧一般，更增添了一重现实感。

劫匪们乱了脚步。警车的出现明显让他们开始惊慌。确实，他们从进门到现在干得都很漂亮，看不出有什么破绽，甚至堪称理想，所以也应该没有给银行职员留下按警铃的空隙。尽管如此，对他们而言，警察竟出现得这么快，恐怕还是出乎意料。

“是刚才的枪声报了警。”不知是哪个人质说了一句，是个男人的声音，仿佛在向劫匪辩解：我们可没按警铃，没有出卖你们。

“你看，我就说不许开枪！”矮个劫匪斥责他的高个同伙。

“不开枪还算什么劫匪！”高个劫匪已经完全进入亢奋状态，高声说道。

警察一出现，他们就开始坐立不安。

"喂，行长！"两个劫匪先是交头接耳了一阵，然后指着坐在鸭居他们后面的男子，而且是用枪指着，问道，"所有人都在这儿？其他地方没人？"

鸭居看了看身后，戴着面具的行长点头道："是的。"

"那扇门里面是什么？"劫匪问道。

"那是职员用的换衣间。"行长说话老实，措辞小心。他看上去还是一副生意人的样子，可惜对方并不是顾客。

劫匪们仿佛下定了决心，点点头，说道："喂，行长，跟我们走一趟。我们要看看是不是真的没藏着人。"

"没有人藏在里面。"行长说道。

高个劫匪抬高了声音："别自以为是地接茬，跟我过来就是了，秃驴行长！"

劫匪松开行长腿上的绳子，不由分说地把他拉起来，推推搡搡地带到了门口。

门被打开，高个劫匪和行长的身影消失了。

银行里又安静下来。

扬声器

鸭居等人沉默不语，老老实实地坐在原地。因为戴着面具，鸭居感到呼吸困难。呼出的气碰到塑料面具又被挡回来，在脸和面具之间堆积出一层微暖的气息，但因为一直坐在地上，地板上刺骨的寒意又直往身体里钻。

鸭居忽然感受到了阵内的视线。他暗想，阵内怕是又在动一些徒劳的念头。他最初无视阵内，但阵内却直盯着他，让他不得不把头转过去。阵内的眼珠在面具后转个不停，眼神移来移去，先是朝落单的矮个劫匪看了一眼，又把视线移向鸭居，然后再次看了一眼劫匪。

鸭居叹了口气，他知道阵内想说什么。把他拿下怎么样？他我和你一起上——他一定想这么说。

鸭居摇摇头，把脸凑过去说道："没用的。"

“没问题，没问题的。”

“我们不是被绑着吗？”

“就算被绑着，人还是能跳起来嘛。”

“你倒是随心所欲，可这会让别人遭殃的。”

这时，右边的妇人开始痛苦地喘息，肩膀剧烈地上下起伏。

“您没事吧？”鸭居问道。

“嗯，嗯嗯。”妇人带着哭腔答道。恐怕是恐惧和不安让她哭了起来。在鸭居的印象中，中年妇女哭泣的场面只会出现在葬礼和电影中，现在的情况让他有点意外。

“只要老老实实待着，一定会没事的。”鸭居不合身份地试着鼓励她，可怎么说也无法让她安下心来。她还是继续痛苦地喘息，不停抽泣。

“喂，那边的，吵死人了！”劫匪拿着枪走了过来。

“她害怕得不行了。”鸭居答道。

“不，我没事。”妇人虽这么说，却并不像是没事的样子。她脸朝下，抽泣得更厉害了。

阵内小声咂了咂嘴，鸭居也听见了。阵内厌烦地向妇人一瞥，然后似乎打心底感到不快似的背过了脸。

不一会儿，阵内站了起来。他的动作太过唐突，谁都没能马上反应过来。阵内用被捆住的双脚同时朝地板一蹬，然后用臀部稳住重心，一口气站起身来。这一系列动作看上去就像水族馆的海狮表演。

对阵内来说，劫匪没在慌忙之中扣动扳机已经是万幸了。

“让我弹弹吉他！”还以为他会说什么，没想到阵内说出口的居然会是这句话。那口气简直就像乳臭未干的孩子在闹情绪。他用下巴示意横放在脚边的吉他软包。“把我的手松开，我要拿吉他，让我弹吉他！”

鸭居抬眼目不转睛地看着阵内，怀疑他是否神志清醒。这显然不是面对持枪匪徒该做的举动。

“别自作主张，给我坐下！”劫匪拿着枪，像用长矛一样往前捅了一下。

这么一来，一旁的妇人更加害怕了。她不由得发出一声哀叫，身体颤抖着。鸭居怀疑她可能把尿给吓出来了。你小子净干这种多余的事，鸭居一边想一边瞪着阵内。阵内却一副满不在乎的样子，但到头来还是被枪逼了回去，仰面倒下似的一屁股坐下了。

劫匪落单已经好几分钟了，消失在另一个房间的劫匪和行长依然没有回来。

恐怕此刻谁都紧张得不得了。银行内鸦雀无声，人质和人质之间仿佛都能听到彼此的心跳。外面的警察都在干什么！鸭居心里千百遍地骂着。旁边的妇人哽咽着，更是加剧了紧张的气氛。

没过多久，一阵声音传来，鸭居吓了一跳。起初，鸭居以为是谁在说悄悄话或在呻吟，但并非如此。声音时强时弱，有高有低，分明是在唱歌。鸭居把目光投向一边，哼曲子的正是阵内。只见戴着面具的阵内嘴唇正动来动去。

其他人质的目光都集中到了阵内身上，鸭居耸了耸肩。这里又不是卡拉OK厅，这位在大庭广众之下放声就唱的朋友着实让鸭居感到害羞。他一面向众人道歉，一面想把脸捂起来，却发现自己已经戴了面具。

鸭居马上就听出来了。这曲子平稳而有力，是披头士乐队的，就是那首保罗·麦卡特尼在约翰·列侬离婚时作的曲子。

虽然阵内这种不害臊的举动让鸭居目瞪口呆，他的声音却和保罗·麦卡特尼十分相像，这让鸭居十分惊讶，简直就像是在现场播放录好的曲子。

等回过神来，鸭居发现自己已经沉浸在阵内的歌声里了，恐怕所有人质现在都是一样的感觉。落单的矮个劫匪说不定也乐在其中。阵内在没有扬声器和吉他的情况下唱出了名曲的精髓，也释放了银行里火辣辣的紧张感。

歌声停止的时候，鸭居不由得“哎”了一声。

“怎么了？”阵内眼神僵硬。

我还想再听听——鸭居没能说出口，转而问道：“你这是干什么？”

阵内不高兴地哼了一声，对妇人冷眼一瞥，说道：“我可不喜欢哭哭啼啼的大人。”

“这和披头士又有什么关系？”

“你们给我安静！”劫匪怒道。不过口气并不怎么强硬，或许也还沉浸在阵内歌声的余韵里。

“我看过一部电影，里面有个跟现在一样的场景。”阵内不耐烦地说道。

“什么场景？”

“就是用歌声缓解紧张的气氛。”

老实说，鸭居并不相信音乐有什么治愈人的力量或者激励人的效果。他经常对阵内说，娱乐就是娱乐，要去追求其他价值就是犯傻。所以阵内的回答令他出乎意料。

“哪部电影？”鸭居一边问，一边想象那一定是部风格细腻唯美、细致刻画人物心理的电影。总之，肯定是一部以音乐拯救人为主题的电影。

阵内却一脸平静地答道：“好像是《鬼玩人》的第二部，《鬼玩人Ⅱ》。”

“这样啊。”

不知什么时候，旁边的妇人已经停止了哭泣。

另一个劫匪带着行长回来了。行长缩着肩膀，驼着背，或许是太劳累了，他的脚步明显很沉重。高个劫匪对同伙耸了耸肩，说道：“竟然藏着两个职员。”

行长看起来十分害怕，背压得更低了。

“两个人？还是职员？那你怎么处理他们的？”矮个子问道。

“威胁了一通之后用绳子一捆，就让他们躺在那儿了。这边怎么样？”

“嗯，没什么事。”矮个子答道，根本没提及阵内唱歌的事情。他似乎在自以为是地想：这种事情有必要提吗？

行长再次被绳子捆住。坐在一旁的职员将脸凑到戴上面具的行长近旁，小声地说了些什么。

“人质共有十四个。”不知是哪个劫匪用肯定的口气强调道。

等级

如果不是由本人告知，鸭居怎么也不会察觉坐在那妇人面前的年轻人是个盲人。在戴上面具前，鸭居看过他一眼，凭这一眼的印象，鸭居觉得他和自己年纪相差不大。

鸭居记得这个盲人五官端正，留着一头清爽的短发，脸上没有多余脂肪，皮肤丝毫不松弛，下巴线条细长，虽说不上有多帅气，但给人一种飒爽的感觉。他戴的那副墨镜和他的气质很配。鸭居问他："你一直戴着墨镜没关系吗？"鸭居问这话时并没带任何深意，只不过觉得室内光线暗，戴着墨镜不方便罢了。

男子一脸不好意思地答道："我的眼睛看不见。"

"眼睛？"

"我的眼睛看不见，戴不戴墨镜没区别。"

"眼睛看不见……"鸭居这句话让劫匪也听见了。高个劫匪小声骂了一句，大家都知道劫匪在骂什么。只见劫匪大步走到盲人面前，取下他的面具，又安静地摘下他的墨镜，然后伸手在他眼前晃了几晃，再缩回手。虽然不知道他们凭借什么下的判断，但他们似乎都认定这小伙子没有视力。

劫匪的表情有些扭曲。

难道是抓了一个眼睛看不见的年轻人当人质，让他们产生了罪恶感？鸭居想道。还是说他们嫌这个双目失明的人质太麻烦？如果都不是，那难道是他们认识到了自己的罪恶，并自觉地为歧视盲人的行为而自责？总之，高个劫匪明显露出一副不高兴的表情，开始和同伙商量。

“你真的看不见吗？”鸭居旁边的妇人悄声问道。正是刚才那个害怕得哭起来的女人。

“嗯，是的。”年轻人小声答道。

“哎呀。”妇人发出混杂着感慨和惊讶的声音。

“真厉害！你是怎么过来的？”说话的是从左侧探出身子的阵内。他并没有挖苦的意思，而是打心底里感到佩服。鸭居心想，若是把阵内吊起来拷问，恐怕他也只会说“对不起”或者“原谅我口无遮拦”。

“刚才你唱的歌才叫厉害，”失明男子露出笑容，“真的。”

“你完全看不见吗？”鸭居问道。

“是啊，完全看不见，”男子平静地说道，“现在正经历着这样一件难得的事情，我却看不见，真是遗憾。”他的话音里听不出逞强的感觉，而是心平气和，让人联想到一片风平浪静的大海。

“你是什么时候开始看不见的？”妇人的声音里洋溢着关切之情，甚至有些滑稽。

“从出生起。”男子的声音很温和，“我一生下来就看不见。”

“真不容易啊。”妇人说道。

鸭居几乎要笑出来，强忍着咬住嘴唇。妇人完全没说到点子上。对这个年轻人来说，将近二十年不靠视力生活下来，肯定早就不把双目失明当成是件“不容易”的事了。要说不容易，我们这样戴着愚蠢的面具、手脚被捆起来的样子才真不容易。

“老被人说眼睛的事，你不觉得烦吗？”鸭居把脸凑过去问道，“大多数人都喜欢划分等级，因为人家双目失明，就把那人当成低一等或高一等的人。”

男子的脸上浮现出一丝笑意。“有烦的时候，也有不烦的时候，不过都习惯了。不管是眼睛看不见也好，还是用无聊的标准分等级也好，我都习惯了。”

开场锣

行长忽然像毛毛虫一样摇摇晃晃地站了起来。或许是他觉得要发言就必须站起来吧。他说："能不能把顾客放走呢？"

真是句令人感动的话。鸭居虽不至于流下眼泪，还是吃惊地盯着行长那张戴着面具的侧脸。

劫匪没有立即回答，而是在柜台前走来走去，既没同意，也没动怒。

电话铃忽然响了起来，也不知这时机是好是坏。银行里回响着规律的电子音，有几个人质抬起脸，剩下的则是吓得身子一阵哆嗦。

鸭居下意识地感到这电话可能是开始的信号。换句话说，这可能是开场锣——警察与劫匪比赛开始的锣声。

一个劫匪飞快地走到柜台前，不摘口罩就拿起话筒。他贴着话筒听了一阵，答道：“人质都没事。等满足了我们的要求，就会放他们走。”因为戴着口罩，他的声音听起来很模糊，“要求？一会儿我们会说，你们老老实实等着。”

劫匪把话筒随手一扔，然后两个人并排站到鸭居他们面前。高个劫匪耳根发红，明显是脸上泛起了红潮。他说道：“谁要是乱动，我就打死谁。”

“安静待着就不会有事。我们拿了钱就回去，明白吗？”矮个劫匪的口气仿佛是在说给自己听。

灯

看着银行里的圆形挂钟，三十多分钟过去了，警察那边什么消息都没有。是在揣测劫匪的想法吗？可这也拖得太久了。那帮傻警察在干什么！鸭居在心里骂道。

警车刚到的时候，两个劫匪还是坐立不安的样子，现在不知是已经横下心来还是已经看开，似乎已经恢复了冷静。只见他们不慌不忙地收集摆在柜台上的钞票。

忽然，一个问题涌上鸭居的心头：从劫匪拿到的钱来看，那点数量岂不是算不上什么吗？只能算个零头。鸭居听说过，一般银行的窗口不会堆满钱，而是在窗口职员后面摆一台齐腰高的出纳机，里面放着最小限度的钱。劫匪虽然轻车熟路地咔嚓咔嚓摆弄出纳机，将里面的纸币和硬币一股脑取出，可最多也就能拿到一百万日元左右。算上劫持人质、紧闭门窗以及和警察周旋的成本，这根本不合算。

“请问——”盲人举起手。

“是那个瞎了眼的家伙吗？”一个劫匪皱起眉头问道。

虽说劫匪不知道盲人的姓名，但这个称呼实在是没礼貌，鸭居苦笑着想。

“我能上个厕所吗？”

劫匪看上去并没有考虑多久，两人短暂交谈之后，马上就走了过来。矮个劫匪架好枪，高个劫匪开始解绳子。“别自作聪明，只要看到你有一丁点不对劲，我就崩了你。就算不打死你，我也会打死其他人。我可不是闹着玩的。”劫匪一面威胁，一面松开盲人腿上的绳子。

“我还有个请求。”盲人不慌不忙地说道，“我想让他跟着我去。”

鸭居一瞬间猜不透是什么情况。盲人用下巴示意的，正是坐在他左边的鸭居。看来盲人并不是胡乱一指，这让鸭居更加困惑。

两个劫匪将脸转向鸭居。“是你吗？”

鸭居不明就里地歪着头。“我？”

“我每次上厕所的时候，他都会帮我一把。”盲人镇定地撒了个谎，“要是没有他，我上厕所会很不方便。特别是没用惯的厕所，上起来更难。”

双目失明的他，或许正因为看不见，因而显得很沉着。他表情恬淡，看不出一丝恐惧，也没有露出半点反抗的意图。这一瞬间，劫匪或许都忘了他是个人质，他们一定产生了某种与一个盲人青年就事论事地谈上厕所的错觉。这一切都显得很自然。

“我就是想快点上完厕所，所以，请把他的绳子也解开吧。”

这时，鸭居开始不安：或许盲人对自己有什么期盼。难道他在期待绳子松开的瞬间，自己会像好莱坞的动作明星一样，噼啪几下把两个劫匪扔出去吗？或者变成长着强劲下颚的巨蜥之类的怪物，把两个劫匪吃掉？要真是这样，那可找错人了。

“别小肚鸡肠了，”话如其人，忽然插进这一句的正是阵内，“鸭居可是个聪明人，他不会自作主张的。赶紧把他的绳子解了，让他跟着去吧！”

两个劫匪四目相对，也不知道是谁先点头同意的，高个劫匪将手伸向鸭居身上的绳子。枪口交替地对着盲人和鸭居。“要是不老实，我就开枪了。”

“没事的。鸭居只是照亮这个盲人的一盏灯，仅此而已。”阵内从一旁神气地插话，“做人质的规矩，他心里有数。”

管他什么规矩不规矩，鸭居无精打采地站起来，脚踝上隐隐感到一阵疼痛，或许是因为保持一个姿势坐得太久了。

盲人站了起来。鸭居还在为难，不知道该怎么办，盲人的手一下子搭到鸭居的右肩上。他的动作十分流畅，甚至让人觉得他能看见。

“厕所在那儿。”劫匪指着窗口柜台对面的一个房间说道。

“我姓永濑。”盲人将脸凑到鸭居旁边，悄悄地报出姓氏。鸭居原本还在疑惑要是他嘟囔一句让自己变成巨蜥该怎么办，但看来并非如此。

水槽

打开卫生间的门，迎面是一个小小的洗脸台和一面镜子。鸭居条件反射一样锁上了门。右手边有一个安着马桶的小隔间。两个男人结伴进厕所的感觉可不太好。

“厕所里有小隔间吗？”永濑问道。

“啊，只有一间。”

“进去吧。”

鸭居心中多少有些疑惑，但还是任永濑一手搭在肩上，带永濑进了隔间。进去后，鸭居立刻做了自我介绍。正如他所想，两人年龄一样大。不过二人共处一个隔间，还是让他很窘迫。恐怕永濑真的只是想小便吧。鸭居刚想到这儿，永濑说道：“我想问你些事。”

“事？问我？”

“我看不见，所以想让你告诉我。劫匪是什么样子的？现在情况怎样？人质坐在哪儿，是怎么坐着的？”

“你想知道这些？”

“我很好奇。”

鸭居回头看了看身后，一边提防劫匪忽然闯进来，一边压低声音告诉永濑，劫匪有两个，身穿西装，戴着口罩和墨镜。“他们脸上还贴着胶带。红色的，贴成‘×’的形状。”

“哦。”永濑点头道。

“你知道那是什么意思？”

“我之前在电视上看过。”

“看过？”

永濑对着鸭居笑了笑，丝毫没有厌烦的样子。“不，我是什么都看不见的。每次都是我女朋友坐在身边给我解释，她会大致说明。”

这家银行里并没有看上去像是他女朋友的人。或许鸭居已经成了替代她的人。

“电视上说，要是凶手在脸上贴一些很少见的标记，人质大都只会记住他们脸上的标记。目击者会很有自信地做证说‘凶手是个脸上贴了标记的男子’，因为标记太显眼了。其实把标记一撕，什么意义都没了，可人们记住的偏偏就是这个。”

“那些劫匪是在模仿这个吗？”

“可能吧。”永濑接着又补充说，最近关东发生的一起四人团伙的银行抢劫案也是这样。

鸭居又描述了人质的情形：十二个人质被绑在同一个地方，其中八个是银行职员，一半是女人。“剩下的有我和阵内……我的朋友，那家伙很闹腾吧？”

“他唱的歌很好听。”

“还行吧。”那首歌确实不错。“还有一个主妇模样的女人，最后还有你。”

“劫匪刚才不是说其他什么地方还绑着两个职员吗？”

“是说过。”

“你看见那两个被绑起来的职员了吗？他们在我们能看到的地方吗？”

“他们在应急出口的门后面，我们完全看不见。”

“这样啊。”永濑一副思索的样子，说道，“这样的话，可能根本不存在这样两个人质。”

“什么意思？”

“我刚才一直在好奇劫匪说的那两个人质，不知道他们是不是真的存在，也不知道能不能看见他们。但刚才你说了，你看不到那两个人质。”

“是从我们所在的位置看不到他们，因为隔了一扇门。”

“那就是说，劫匪有可能在撒谎。另外的房间里其实根本没有人，他们却故意撒了这个谎。”

“他们没有撒谎的理由。当时他们把行长带进去了，行长也看见了那两个人质。”

永濑分外镇静，指着面具问道：“那我们脸上戴的又是什么？”

“面具啊。庙会上经常有卖的，都是些漫画的主人公之类的，总之是卖给小孩的。”

“应该很帅气吧？”

“很遗憾，非常丑。”

“人质全都戴着一样的面具吗？”

“大家的面具都不一样，但个个都很丑。”

“但大家都戴着面具吧？”

“是啊，除了劫匪，所有人都戴了。”

永濑思索起来，一语不发。与此同时，有人开始咚咚地敲背后的门，看样子是在催他们快点出去。

“可能……”永濑没有一丝慌张的样子，“劫匪并不是两个人。”

“什么？”鸭居直盯着对方。

“他们还有同伙。”

“在哪儿？”鸭居环视不可能藏有其他人的卫生间，想象着忍者一样的敌人，“我说，他们藏在哪儿？”

永濑慢慢地收起下巴：“劫匪有十个人。”

“啊？”

“要是职员全都是他们的同伙，那恐怕再轻松不过了。”

鸭居闻言，瞪圆双眼打了个趔趄，撞上马桶，装满了水的水槽被他撞得摇摇晃晃。“这是怎么回事？”

“银行职员和劫匪是一伙的，他们只是装成人质的样子，其实是共犯。”

鸭居皱起眉头。

“刚才你的朋友也说了，人质对银行劫匪来说是一大麻烦。”

“那家伙总有一套歪理。”

“那个时候劫匪的反应很奇怪。我是说他们说话的声调。”

“说话的声调？”

“就好像用皮肤感觉温度一样。”永濑笑道，仿佛在说声音只能靠温度来判断，“对我来说，捕捉声音就像在河里捞鱼。”他补充道，但意思却越来越无法理解。“那个时候，劫匪显得胸有成竹，甚至像在憋着笑。”

“是吗？”鸭居努力回忆，脑中却一片空白。

“比如说……对了，”永濑说道，“我有一只叫贝斯的导盲犬。”

“怎么了？”

“贝斯平时总和我走在一起。可以说，它是我的一盏灯。”

鸭居试图在脑海中描绘出导盲犬的英勇形象，但失败了。

“但我总会碰到不准带导盲犬的店，那些店无论如何都不能接受狗。那种时候，我女朋友就会说‘真可惜’。”

“是很可惜。”

“不，她的说话声听起来很高兴。”

“啊，”鸭居马上就反应过来了，“你的女朋友一定是在忌妒导盲犬。”他想象得出那种情形，她一定是把贝斯当成了情敌。

“劫匪的口气就和这种情况很像。”永濑继续道，“那是充满胜算的声调，抢先对手一步的声调。既昂扬，又有些害怕。”

“抢先一步？”

“你的朋友说人质是一大麻烦，但事实上，人质大半都是劫匪的同伙。这样一来，劫匪难道不会有一种抢先一步的感觉吗？”

“你是凭声音的温度知道的？”

“声音的温度？啊，是的。”

“喂，你是认真的吗？”

“盲人说的话，难保不是真的。”永濑半开玩笑地笑了。

“我猜，我们马上就会被放走了。”永濑自信地说。鸭居不明白他为什么能如此断定。“如果劫匪和职员是一伙的，那情况就再好不过了。碍他们事的是我们。或许，我们只是作为他们的证人被留在这里，仅此而已。所以我们迟早会被放走。”

“证人？”

“就是告诉警方，银行职员都乖乖成了人质的证人。一旦被放走，我们一定会对警察说银行职员也被绳子绑着，当了人质。这样一来，谁也不会怀疑银行职员是共犯，不是吗？”

鸭居面对着永濑，而永濑仿佛看得见鸭居的脸似的说道：“回去吧。”冲水的声音响起，洗脸池的水龙头里也放出了足够多的水。

“我说，”鸭居用怀疑的口气说道，“如果劫匪和职员是同伙，他们不应该有更简单的办法吗？没必要弄成这样的持久战啊。”

“嗯，我也这样想。”

“可是，现在四周都是警察了。”

“他们一定也没打算弄成这样的局面。可能只是打算闯进来，绑上人质，抢走钱，然后马上逃跑。警察那边等抢完钱再通报。最后，那帮职员共犯做个像样的证言，事情就会轻易了结。”

“可是为什么——”

“因为有枪声，枪声通报了警察。”

“这不是阵内惹的嘛。”

“是啊。”

“那家伙连劫匪都要拖累。”

听了这话，永濑笑了。“我知道劫匪打算怎样从这里逃出去了。”从隔间里走出来的时候，永濑说道。

鸭居很好奇他接下去会讲什么，但这时门被叩响了。“别磨磨蹭蹭的，快出来！”已经没时间再说了。

漫长

两人回来后马上又被绑住，坐回原地。鸭居马上观察起几个银行职员来：男的穿西装，女的穿制服，看上去都凑在一起。他们都戴着面具，看不到表情——鸭居想到这里，恍然大悟，几乎要“啊”地喊出声来。他明白自己和他们为什么要戴上面具了。

正如永濑所说，如果劫匪和银行职员联手，最怕的就是暴露他们之间的关系。

本应感到恐惧的人质如果既不害怕也没有不安，而是表情安然地坐着，那鸭居他们当然会感到奇怪。即便像演戏一样假装，也一定会有不自然的地方。面具正是拿来掩盖表情的。鸭居他们看不到银行职员的表情，会想当然地觉得他们也和自己一样，当然也不会想到他们可能在面具下面吐舌头了，不是吗？

“我知道劫匪打算怎样从这里逃出去了。”永濑说过这么一句话。劫匪究竟打算怎样逃出去呢，鸭居开始思考。

四周已经被警察包围。阿尔·帕西诺当时是怎么做的？鸭居想起他看过的一部电影。那是一部由阿尔·帕西诺扮演银行劫匪的电影，到了电影的后半段，阿尔·帕西诺带着人质一起逃亡。他让警方准备好汽车，带着人质驱车直奔机场还是什么地方。最后的最后，他似乎被击中了。[1]

回到现实，却并没有看到什么新动向。没有劫匪按捺不住地大喊大叫，也没有警察砸破玻璃闯入的情景，人质中也没有谁随口唱起歌来。正因如此，一种时间漫长的错觉袭向鸭居，甚至让他不安地觉得自己会被这样绑着终老一生。两个劫匪站在柜台前双臂环抱，一副大船起航前事先预测风势何时转弱的模样。

永濑安静地低着头。鸭居心想：他会不会睡着了？他说过“我们马上就会被放走了”，口气中并没有强迫人接受的意思，但确实又充满自信。要不要信他一次呢？

电话铃响起的时候，已经是五点出头了。劫匪动作娴熟地拿起话筒。“知道了，交换吧。我会放了这边的人质。不是全部，但一定会释放人质。”高个劫匪一边说，一边来回看着鸭居他们。“我们准备好之后会给你们打电话。”劫匪向警方确认了的电话号码。

---

①内容出自美国演员阿尔·帕西诺主演的电影《热天午后》，原名 *Dog Day Afternoon*。

年轻

两个劫匪站到鸭居他们面前，已经是打过电话三十分钟之后的事了。“放了你们。”劫匪唐突地宣布。

鸭居反射性地看了一下钟，下午六点多，他们已经做了三个多小时人质。鸭居虽然感到疲惫，但还没到脱水、眩晕或者马上就要倒下的地步。但如果监禁时间延长到半天以上，情况就可能发生变化：疲劳、困顿、饥饿和烦躁恐怕会致人绝望。

“先把顾客放了。”行长像先前那样如毛毛虫般晃动着身体说道，“我们迟点放也没关系。”

“说得好，行长！”阵内快活地说。

鸭居窥视着行长的侧脸，努力追踪面具后面的眼神。行长勇敢的话语虽然让人感动，但他是否出于真心则让人感到怀疑。如果银行职员都是劫匪的同伙，在这个时间点释放鸭居他们则应该在计划之中。这或许只是计划中的一环。他们想尽快放掉除了银行职员以外的人质。

“我们放四个人。就你们了。”高个劫匪的口气中透出一丝施舍的感觉。他顺次指着阵内、鸭居、主妇和永濑，然后用枪瞄准阵内说道：“先放你们出去。虽然有个不知天高地厚的家伙，但念在还年轻，就饶过一回了。”

“这也是看在行长的面子上，你们真是来对了银行。”另一个劫匪说道。

劫匪先是解开了主妇的绳子。她已经精疲力竭，深呼吸了好几次。然后主妇将鸭居他们的绳子解开，或许是因为手在哆嗦，解得并不是很顺利，但绳子还是慢慢松开了。

高个劫匪给警察打了电话。

“站起来！”劫匪一声令下。鸭居他们站了起来。腿长时间弯曲让膝盖一阵疼痛，四人都小心翼翼。鸭居本想拉永濑一把，但看来没有这个必要，便停住了。

鸭居的面前就是枪口，他伸手想摘下面具，两个劫匪却齐声说道：“还没让你拿下来！”

“哎？”

“不许拿下面具！”

“我好不容易有了一次上电视的机会，面具都不让摘？”鸭居说了一句言不由衷的话。他想象着等在银行外面的电视台摄像师和报社记者。要是他们见了戴着面具的人质，一定会狂喜不已。

即使是那些对老掉牙的银行据守战已经毫不感冒的记者，也一定会怦然觉得这才是真正的新闻亮点。光是想象，就让人生厌。

“走！”劫匪打开自动取款机专用通道的门，绕到后面，用枪顶着人质。主妇站在最前面，然后依次是阵内、鸭居和永濑。

“戴着面具游行。杰作啊！杰作！”阵内流露出不快，“今天是我的纪念日，面具纪念日！”

永濑站在鸭居后面，没有半点动摇或慌张的样子，仿佛能看到自己应该行进的方向。

“喂，快走！”劫匪催促道。

另一个劫匪不知何时已经拿起柜台上的话筒，反复叮嘱：“现在就放人，可别搞什么小动作！”

主妇握住门把手，用力推开通道的门。

对面立刻传来“噻”的欢呼声。一时间电光闪耀，应该是相机的闪光灯。这灯光让人目眩，为了让眼睛避开闪光，鸭居挪了挪面具。

真丢人，不如说，真可气，鸭居心想。

主播大声呼喊的声音传来。而这个时候，鸭居身后的永濑也说话了。他大声朝背后喊道：“贝斯，come！”

包括劫匪在内，所有人都吓了一跳。

鸭居朝后面一看，目光尽头有个东西正在移动。等候处最靠里的黑色长椅下面，一个东西一跃而起。

那是一只黑色的拉布拉多寻回犬，远远看去，仿佛从长椅下面又拉出一张长椅。没有人注意到那只狗的存在。就在人们目瞪口呆时，那只黑色的狗来到永濑面前。

寻回犬步态悠然，仿佛理所应当地走到永濑的右侧。永濑对狗说了句什么，然后熟练地握住了导盲鞍。

“快、快走！”这是他们听到劫匪说的最后一句话。

主妇在前面领队，朝着日将西沉的街道走去。或许是因为刚刚从密闭的空间里出来，忽然来到室外，四人一时无法把握情况。警车在远处围成半圆，警察正用扩音喇叭说话，背后可以看到一片满怀好奇心和扭曲使命感的报道阵营。

“这只狗是怎么回事？”四人像蜈蚣似的排着队往前走时，鸭居问永濑。

“鸭居，你连这都不知道吗？这是导盲犬。”不知为何，回答鸭居的是走在前面的阵内，“导盲犬可聪明呢。叫它坐下，它就会一直坐着。真了不起，居然待在那个地方，想都想不到。”

“那首歌，唱得真不错。”领队的妇人说道。

阵内用鼻子哼了一声。

营帐

他们并不清楚自己被带进的警车是什么车型，只知道是一辆大型厢式车。车后部的座位已经全部被拆掉，显得空荡荡的。车窗上挂了窗帘。四人刚从银行出来，马上便被警察包围，就像被巨浪卷起一样推进了厢式车。

到了车里，总算可以把面具取下了。鸭居心想，这下真的解放了。汽车里有两个警察和一个穿着白大褂的医生，和鸭居他们相对而坐。

“那只狗是……”戴眼镜的警察指着永濑旁边的拉布拉多寻回犬问道。

“贝斯。”永濑答道。他下巴细长，模样看上去非常敏锐。“贝斯是导盲犬，刚才一直待在银行里。”

“一直？”警察吃了一惊，“和你在一起？”

“什么时候开始的？”阵内问道。

“一开始就在一起。”永濑笑道，“劫匪闯进来的时候，我正坐在窗口前，贝斯则趴在那里。起初我并不明白发生了什么事，没办法，就对它说了一声‘stay’。”

阵内愣愣地点了点头。“刚才就说导盲犬很聪明，果然不假。”他这话仿佛是在自夸，“喂，鸭居，没错吧？”

“我可不知道。”

“这不就告诉你了嘛。”

得知永濑双目失明，警察和医生发出一阵不知是钦佩还是感慨的声音。鸭居无法知道永濑在他们心中究竟属于什么等级。医生检查了鸭居等人的身体，这不过是通过问诊和听诊器进行的常规检查，除了出现贫血症状的妇人，其他人都无大碍。

阵内将耳朵贴到拉布拉多寻回犬身上，听它心脏跳动的声音，又看它鼻子是否湿润，专注地检查狗的健康状况。他嘟囔道：“要是知道有狗在，我的干劲就更大了。”

两个警察中间忽然插进一个穿西装的男子。这是个四十五岁左右的刑警，目光敏锐，全身散发出一种威严感，一对浓眉令人印象深刻。几张脸在这狭小的空间里相向而对，这让鸭居觉得车里俨然变成了战场上讨论策略的营帐。

“请你们告诉我银行里的情况。”西装男顺次看着鸭居他们的脸说道。对他来说，这恐怕是用尽全力发出的温和声音，明显看得出他说得很勉强。

“那里现在有十二个人。除此之外，另一个房间里还有两个人。大概就是这样。”鸭居说道。

刑警身子往前一探。“另一个房间？”

鸭居将劫匪去房间巡查，发现两个职员，并把他们捆住的事情说了一遍，又补充了一句：“应该是这样。”

“他们为什么最先放了你们？”

“去问劫匪吧。”阵内冷冷地说道。看来他并不喜欢眼前这个刑警。

“因为我们不是银行职员。”永濑好似在自言自语。

“因为我们是他们的累赘。”鸭居说道。

“你发现什么了吗？”或许因为鸭居他们明显表现出了不顺从的样子，刑警似乎有些不满。

“去问永濑好了。”鸭居向右边使了个眼色。

西装刑警露出一副迷惑不解的神色。“不，可是，他——”刑警忽然支支吾吾起来。鸭居叹了口气：这个刑警是要说“他不是双目失明吗”，但又顾虑重重。永濑从出生到现在一直都是遭受这样的待遇吗？鸭居开始同情起永濑来。就因为眼睛看不见，无论做什么，永濑都必须先办一些十分麻烦的手续吧。光是想想就让人烦躁。这种烦躁的感觉还要伴随一生，永濑有这样的心理准备吗？想到这里，鸭居心生钦佩。

“永濑，你一定发现了什么吧？”鸭居替不准备发问的刑警催问道，“劫匪下一步打算怎么做？”

“我想他们会依次放走人质。”永濑不慌不忙地说道，“分几次，将全部人质，也就是十四个人放出来。我们四个已经被放出来了，现在还剩下十个。那十个人也会分几次放。可能会是这样。”

“要是这样，最终一个人质都不会剩下。”西装刑警的口气仿佛是在俯视一个不会做算术的小学生，“十减去十，你知道得多少吗？”他半带苦笑地说道。

“是啊，一个都不会剩。不过，将他们一批批放出来，才像那么回事。”永濑的语气仿佛风中的树叶在飘飘摇摇地戏弄人。

“像那么回事？”刑警挑起一侧的眉梢。

“才像真正的银行劫匪。”

“他们就是真正的银行劫匪。”刑警有点不耐烦地叹了口气，“如果把人质全都放了，他们还怎么逃？这讲不通吧！”

你才讲不通呢！鸭居暗自骂道。

“那十个人——”永濑开口了。

西装刑警脸都歪了。

“现在，银行里的人全都是共犯。”永濑说道。

一直沉默的两个警察“哎”了一声。这两个人刚才还像寺院门前的狮子狗石雕一样沉默无言，此时忽然出了声，把鸭居吓了一跳。

“这是什么意思？”阵内和西装刑警不约而同地问道。

“银行里的职员全都是劫匪的共犯。”鸭居接着永濑的话说道。

“别开玩笑了。”

看来这些银行劫匪都要比你们聪明，鸭居心想。

永濑挠了一下鼻头，说：“劫匪会放了人质，分几批放走。”

“喂，”西装刑警已经丢掉了对鸭居他们的客气态度，用混杂着讽刺的语调说道，“全部放走了，劫匪怎么办？”

“混到人质里逃出来。”

“劫匪吗？”阵内问道。

“如果大家是共犯，相互之间怎样商量都可以。劫匪装扮成人质就能逃出来。只要大家都做证说‘劫匪趁人不注意时逃走了’，就绝对不会败露。”

“啊，所以才用面具吗？”鸭居反射性地说道。

“可能是吧。”永濑点头道，“如果大家都戴着面具，没有人会记得人质的长相，所以劫匪即使混进人质里也不会被发现。只要戴上面具，谁都不知道谁长什么样。”

确实，后来警察让鸭居将人质的脸都过目一遍，可鸭居无法回答当时有谁在场，因为大家都戴着面具。

“另外一个房间里有两个职员，我看也是虚构的。”永濑将他在卫生间里向鸭居透露的推测又说了一遍，“那种事，一开始就不值得相信。劫匪特意强调了人质的数量，或许是考虑混到人质里时人数会对不上，所以要让我们认为还有两个人质。”

“我听不明白了。”阵内烦乱地挠着头发。

“劫匪会假装成人质逃出来。”永濑说道，“但如果那样，人质就多了两个人。所以从一开始就要多算两个人进去。劫匪正是要让我们这么想。”

“为什么要把事情弄得这么麻烦？”阵内噘起嘴说道。

“听着，”鸭居开口了，“一开始他们有更简单的计划。他们原打算闯进银行，绑住人质，然后在警察到达之前赶紧溜走。报警的事稍后再说，只要大家口径一致就不会有问题。而且我们这样的普通顾客也能成为证人。他们一定是打算这么干。可是，不知哪儿来的傻瓜开始反抗，害他们不得已开了枪。然后警察赶来，事情的发展让他们出乎意料。”

“你是说我错了吗？”阵内的口气听起来可不像觉得自己做错了。

“劫匪匆忙之中选择了这样的对策。”鸭居开始想象，“为了能从银行里逃走，他们就决定虚报人质的数目。”他们将行长从房间里带出来的时候，已经互相商量好了，鸭居心想。不，他转念又想，说不定这个决定本身就是他们事先计划好的，所以大家才会从一开始就被扣上面具。

“你们在胡说八道什么！”刑警大声嚷道，“劫匪会扮成人质的样子逃出来？别傻了，这种事马上就会露馅的。”

“为什么？”永濑问道。

“谁是劫匪谁是人质，一眼就能看出来。”

“你怎么看出来？他们一定会戴上面具，扮得和其他人质一模一样。”鸭居反驳道。

“是不是银行职员，调查一下就能知道。我们会确认放出的人质的身份。不管劫匪扮职员扮得有多像，马上就会被发现。听听你们说了些什么！”

“劫匪如果是货真价实的银行职员怎么办？”永濑轻描淡写地说道。

啊！鸭居心中一阵惊呼。“劫匪也是银行职员吗？”

“因为本身就是银行职员，所以混进去也不会被发现。劫匪并没有假装成银行职员，那不过是银行职员假扮成劫匪。如果劫匪丢掉口罩和墨镜，那幢建筑里就只剩下银行职员了。”

“荒唐透顶！”刑警根本没有接纳永濑想法的意思，故意叹了口气。

“确实是荒唐透顶。”永濑出人意料地淡淡说了一句，然后开心地微笑起来，“这本来就是我的想象罢了。”

“但还是有可能。”鸭居说道。不光是可能，这看来几乎就是正确答案。

“会有这种事吗？”说话的是阵内，“不可能会有的。”

“你不信？”鸭居心情愉快地看着阵内。

“要真是这样，我以后要到那家银行开一个定期存款账户。我可以和你打赌。”

你连存进银行的钱都没有。鸭居心里想着，但没有说出来。

刑警胸前的口袋里响起了手机铃声。“行了，”他不高兴地摆摆手，“你们也该说够了。今天你们就回去吧，确认一下身份和联系方式就没事了。”他向身旁两个穿制服的警察确认了信息，便头也不回地离开了。车内立刻安静下来。

片刻之后，车外爆发出一阵欢呼声，闪光灯此起彼伏。

“出什么事了？”永濑问道。

“下一批人质被放出来了，我猜。”

天色渐暗，到处放光的闪光灯鸣响在夜色中，就像令人厌烦的武器。

跳跃

离案子发生已经过了一周。鸭居此时正坐在车站前的长椅上，盯着路上派发的纸巾上的广告出神。

这七天过得心神不定，让鸭居心里抱怨怎么才刚过一个星期。他已经从案子中解放出来，但还是被警察叫过两次，而电视台的记者则三度造访了他家。鸭居一面应付那些旁若无人地将话筒和相机推到他面前的记者，一面不安地想：这样的日子何时是个尽头啊。不过案发四天后，关西地区发生了少年相互伤害的案件，大众的视线立刻转移到了那里。

要是采访的攻势再继续下去，鸭居或阵内一定会拍案怒喝："别再提面具的事了！"接着对记者一顿暴打，然后被打上马赛克播到电视里。这并非不可能。

劫匪的真面目依旧没有查清。银行损失的两亿日元已经被公布，但那两个所谓的将钱装进旅行包逃走的劫匪，还是没有现出行踪。

那天，鸭居他们被放出来之后，事情的发展正如永濑预料的那样。每过一个小时，劫匪就会提出交换条件，释放人质。经过交涉达成的结果是：以警方准备供他们逃走用的休旅车为条件，放走两个人；以警方退后五十米为条件，放走四个人；最后，以让盘旋在空中的直升机飞远为条件，放走四个人。戴着面具从银行里走出来的人质都出现在电视里。

“银行里一个人质都没有了。”大家都发现了这个情况。随着最后一个人质被放出来，警察一齐冲入银行。

银行此时已经成了一具空壳，谁都没有发现劫匪。

那些当了人质的银行职员都做证说“劫匪从后面逃走了”。后门旁的小路上确实留着有人逃走的痕迹，但劫匪是否真的从那里逃走则不得而知。银行职员的口径一致，捏造出了劫匪，又让他们消失。鸭居坚信永濑的推测就是事实，但他也懒得再将这个想法对警察说一遍。

鸭居曾在警察局里把被放出的十个人质的脸都看了一遍，但他无法看出劫匪是否混在里面。这根本不可能看出来。

如果他们真的是同伙，那他们的企图是什么？鸭居开始猜测。

当天，那笔钱说不定就藏在银行的什么地方，比如出租给顾客的保险柜里。虽说银行进过劫匪，但警察应该不会调查所有保险柜。枪和口罩或许也藏在银行里。毕竟那是他们工作的地方，所以拿走枪和钱，丢掉可能作为证据的衣物，这类事情留到日后再做也无碍。

他们一定是想让公众接受银行少了两亿日元这个事实。

鸭居也想过，说不定钱从一开始就没了。他听说过挪用公款、私吞公产的新闻。有可能是银行里某个职员遇到了一件迫不得已的事情，用了银行里的钱。而挪用钱的事实即将败露，蒸发的两亿日元账目必须弥补回来。这个时候，充满同情心的同事们想出了这个主意：只要被劫匪劫走就行了。

这样的来龙去脉难道无法想象吗？虽说这只是不负责任的臆想，但想象是自由的。

全体银行职员为了掩盖同伴的挪用公款行为，编造出了银行抢劫案。他们自然多少会被警方怀疑，但只要口径一致，并在一定程度上团结协作，还是对付得了的。

鸭居感到自己的嘴角松弛了下来。

这种不现实的事情真的会发生吗？

今天早上，鸭居在案发之后第一次给永濑打了电话。鸭居说警察根本就没有想通，而永濑则叹气说："我才顾不上警察呢。自从那天以后，女朋友就一直唠叨，真没办法。"

"唠叨？"

"她每天都在对我说：'把我丢在一边，你自己倒碰上那种事了。'"

"她是在担心你吧。"

“是在羡慕我。”

鸭居忍住笑意。她肯定也对当时永濑和贝斯在一起感到不满。

“久等了！”阵内不知何时出现在眼前，“我忘了带印章，刚刚去取了一趟。”

“你老是把重要的东西落下。”

“对了，定期账户怎么开？”

阵内现在也多多少少开始相信永濑的推测了。

“你有钱可以存吗？”

“你可别小看我。”阵内从牛仔裤的后袋里摸出一把钱，在鸭居面前晃了晃。

“这是怎么来的？”

“那天银行劫匪不是推了我一下吗？就是绑我的时候，在他开枪之前。那个时候，我撞到的窗口柜台上就放着这个。”

“什么叫放着！”鸭居惊呆了，“你这不是偷吗？”

“跟两亿比起来，我这三十万连零头都不算。新闻里会说损失金额是两亿零三十万日元吗？他们才不会说零不零呢。这叫尾数，或者叫误差。”

鸭居既没心情反驳他，也没心情跟他争论。“快走吧，我可不想再去一趟快要关门的银行了。”

正走着，阵内似乎想起了什么，说道：“不过，要是劫匪真的和银行职员是一伙的，那就好笑了。”

“有什么好笑的？”

“那个高个劫匪面对狼狈不堪的行长，不是拿他稀疏的头发奚落了一番吗？”

鸭居也忍不住笑了。“是啊，他当时可兴奋呢。”

那个男子或许是主动提出要当劫匪的。他看起来对劫匪的角色跃跃欲试。

“他可真是完全入戏了，连枪也开了一把。不过他现在可能正在看招聘杂志呢。留在那家银行一定很受罪，秃驴行长可不好对付。”阵内一阵嬉笑过后点头说道，“但这次的经历也让我们知道了银行劫匪的办事程序。比如说他们的举止、窍门之类的。”

鸭居撇下滔滔不绝地说着无聊话题的阵内，一阵助跑，纵身一跃，想要跨过眼前一幢建筑的影子。

孩子们

1

你那宝贝孩子让人绑架了——阵内对我说这话的时候，我吃了一惊。我还是个二十八岁的单身汉，自认为没有进行过奔放到留下私生子的性生活。

阵内把报纸递给了我。

每天早上，在家庭法院上班的我都拿着一枚破图章，走到出勤表前盖下，然后坐到位子上，和摊着报纸的阵内说一些无聊的话题。这就是每天早上例行的事情。早上八点前，这里除了我和阵内，一个人都没有，这也是家常便饭。

报纸头版的标题写着“十六岁高中生平安无事”。我倒是没听说发生了什么绑架案。报道里说，被害人家人支付了赎金之后，人就被放走了。

“报道管制什么的我不知道，但‘发生了一起绑架案’这种事后新闻可真伤脑筋。”阵内用耳挖勺掏着耳朵，抱怨道，“这就像是在同学聚会上一个女生对你说‘我以前一直暗恋你’，这种话如果不在当时说不就没有意义了嘛。我说武藤，你不这么觉得吗？”

我并没有把他的话放在心上。报纸上还刊登了一张照片，上面有那个被绑架的少年。照片是那个少年被平安放出后和他父母的合影。

原来如此，我心想。这个孩子我认识，半年前，他犯下一起偷盗案，我记得很清楚。

“对我们家庭法院调查官来说，少年犯就跟自己的孩子一样。”这是主任调查官小山内喝酒后经常挂在嘴边的台词。

我所在的家庭法院里，主管未成年人[①] 案件的调查官中，小山内是年龄最长的，常常不知羞耻甚至引以为荣地说一些陈词滥调。

我合上报纸。

原来如此。看来我那宝贝孩子真是被绑架了。

---

①日本规定 20 岁成年。现行《少年法》所指的少年是未满 20 岁者。

2

从现在算起，第一次见到那个少年是在半年前。当时是九月中旬，凉风习习。那天早上也和往常一样，一旁的阵内跟我说起报纸上的新闻。

“真走运！”阵内打了个响指。

“怎么了？”虽然没什么兴趣，但我总觉得问一句才合乎礼貌。

“看这个。一个初中生将他嚣张的同学约出去，又踢又打，把对方弄死了。”

“这怎么就走运了？”

“这件案子发生在我们县。不过嘛——”阵内接着说出了案发地的市名，是邻市，“发生在那边，就归别人管了。要是我们市的孩子，就要由我来接手，那可就倒霉了。我可不喜欢这种麻烦的案子。这难道还不走运吗？”

“嗯，也是。”

“怎么了，武藤？气色不对啊。”阵内刚才还嘟嘟囔囔地念着四格漫画里的台词，却似乎敏感地察觉到了我低落的心情。

“我一直都是这样。”

阵内的情绪有些激动。“是那件事吧？上次那个女孩。我都听小山内说了。”

“你听他说了？”我叹了口气。

那是我几个月前经手的一件女高中生的案子。她收了一个陌生中年男子五万日元，和那人上了床。对她来说，那可能很平常。她一定把那当成了打工。她将那种行为称为“援助交际”，让我很抵触。我不知道那种行为哪里有“援助”，哪里是“交际”，只觉得称作“兼职性行为”或者“商业性做爱”才更合乎道理。

那个女生还有可能经常服用毒品，因此先被送进鉴别所，然后又来到我这里。

直到见到那个孩子，我才发现她是个十分坦率的女孩。至少看上去是这样。“我真是太傻了，后悔死了。”她咬住嘴唇的样子打动了我的心。“我暗恋一个同学，却不敢向他告白。”看着她泛红的脸，我真心觉得要挽救她。

所以我在报告中写了“建议保护观察”，即还不至于将她送进少年院[①]。对于她来说，重新做人，和同学恋爱，理应是最幸福、最

---

①日本收容家庭法院所移送的受保护处分者的国家设施，对其进行矫正教育。

正确的起点。法庭也批准了这个报告。

然而，正处在保护观察中的她又因犯下同样的罪行而被捕了。

这种事情经常发生，用小山内的话来说就是：“跟公司职员相比，家庭法院调查官更容易体会到被背叛的滋味。”不过，那个时候我比任何时候都伤心，以至于再次见到她时当即责问道：“为什么？”她一定是荷尔蒙调节或者自律神经之类的地方出了问题才会这样，我这么期待着。“要我反省才不干呢。我听学姐说过，进了少年院就完了，所以只要对调查官稍微做出些反省的样子，他们就会心软。”她语速飞快，吐了吐舌头，“你太笨了。”

正因如此，那个时候我整个人都陷入失落。与其说是因为遭人背叛带来的不甘和震怒，倒不如说是失掉了自信。我自问：自信是什么？

“别放在心上。”阵内轻飘飘地说道，“我们听听孩子怎么说，听听家长怎么说，然后把这些汇总成报告，就够写成一页了。你看看柜子里那些案件堆积的数目。那些玩意儿要是一件一件认真对待，可就看不到头了。”

“嗯，是啊。”

“我们总不能成为所有少男少女的家长是不是？要是那样，去传教不是更省事？”阵内总是喜欢用这种粗暴的口气说话，“应付应付就行，适可而止。一个人可不能一辈子都担起这样的责任。”

不过，在我见过的调查官中，没有一个人能像阵内这样受那些少年追捧。审判结束后，犯事的少年会打电话给他，去修学旅行时还会送他当地特产。这简直不可思议。

四平八稳的小山内对我这样说过："没有别人比阵内更适合当调查官了。不过，就算去模仿他的做法，也是白费功夫。"

3

就算想模仿他，也没有门道。我有一段和阵内在一起的记忆，至今都让我感受强烈。那可不是什么美好的回忆，而是近乎心中的伤痕。

那是我刚刚来到这所家庭法院，大家为我举行欢迎会那天的事。从居酒屋出去后，我和阵内一起走在大街上，打算一起回宿舍。

因为刚刚认识，我并不知道这个大我三岁、如今已经三十一的阵内有多奇特，当时甚至还打算把他当成前辈看，靠他拉自己一把。现在想起来，直让人打哆嗦。

为了抄近道，我们拐进一条少有人走的小路。就在那里，我们目击了一个让人不想见到的场面。三个少年正把另一个少年团团围住。他们看上去是高中生。那个被围住的是个脸色苍白、戴着眼镜的少年，瘦弱的体格显出他的脆弱。围在他身边的少年正在挑衅他。

面对这种状况，我并没能马上有所行动。我无法做出判断，究竟该走上去讲理还是逃走，抑或是大声喝止。

这时，阵内大大咧咧地走向那群少年，没有丝毫犹豫。我吃了一惊，顿时对阵内生起一番敬意。但现在想起来，也让人哆嗦不已。

“你们等等！”阵内钻到那群少年中间，伸出手掌，飒爽地说道。虽然看起来有些演戏的成分，但他总归是在喊了声“不许打架”后，站到那个即将被打的孩子面前，摆出保护他的架势。

“干吗呢，大叔？关你什么事啊？”围成一圈的三个少年自然愤愤不平。他们个个体格健壮，应该是学校运动社团的人，不管怎么说，阵内一个人绝不是他们的对手。我开始感到不安。

但是阵内接下来的行动超乎了我的想象。

“闭嘴，小屁孩！”阵内字句清晰地说了这么一句，忽然转过身，不由分说地给了脸色苍白的眼镜少年一记重拳。他打得有模有样，应该是动了真格。

毫无防备的眼镜少年被结结实实地放倒，摔进了电线杆旁的塑料水桶，眼镜飞了出去。

“哎？”我吃了一惊。

三个少年也是一样。“哎？”他们面面相觑。“哎？”“哎？”除了阵内，包括被打少年在内的所有人都摸不透情况。阵内完全不在乎大家的反应，而是优哉游哉地回到我旁边，摆出一副满足的表情。

“喂，这算什么事？”

“这么一来，那帮家伙就打不成那孩子了。”他满不在乎地说道，接着再次回头对那些少年说，“我赢了！你们赶紧回家歇了吧！”他又举起双手“嗷——”地吼了一声。

少年们不知所措，个个歪头琢磨，或许是这场突发的喜剧让他们感到混乱，他们的表情开始僵硬。接着，不知为何，他们扶起倒在一边的眼镜少年，仿佛要逃开一个精神变态的人一般，四个人一齐离开了。或许是“敌人的敌人就是朋友”的原则让他们产生了突发性伙伴意识。

总之，阵内的办事方法，别人是学不来的。

4

宣称“去传教会更省事”的阵内，之后又哗哗地翻动起报纸，拿着一版对我说：“喂，看看这个。”

“啊，这个我倒是在电视新闻里看过。”我回答。报上写的是侵入机械租赁公司董事长宅邸的男子持枪抢钱的案子。当时董事长不在家，未能如愿抢到钱的强盗正好撞上了一个保姆，于是把她劫持走了。

“昨天晚上，那个人趁强盗不注意逃出来了。”

中年保姆在媒体见面会上显得十分激动。“那……那个强盗，简……简直像个野兽！”她说道。这让记者们一阵骚动。这样的话本不是一个年过五十的妇人在公开场合应当说的。与其说她是因为被卷入案件而受到惊吓，倒不如说是因为面对众多镜头而感到大出风头。

“这可是在我们市发生的事。”

“是吗？”

“案件的元凶还没有被抓住。要是被抓住了，发现是个未成年人，可能就要跟我们打交道了。”

我看了一眼报纸上刊登的凶手肖像画，下巴上笔挺的胡须怎么看都不像只有十几岁。“这不可能是个未成年人。”

“谁知道呢。年轻人最讨厌的就是别人以貌取人了。”

“不，你说的完全是另一码事。那个保姆不也说凶手是个四五十岁的中年人吗？”

“没那回事。我猜那家伙就是个未成年人，一定没错。”阵内认真起来，“很遗憾，武藤。这个留胡子的凶手就是未成年人，不久的将来，他会来到这所家庭法院，由你接待。”

“别说些不吉利的预言。”我本来心情就不好，要是眼前再出现这样威风逼人、满下巴胡子的高中生，我只能往外逃。

我从柜子里拿出案件记录，哗啦哗啦翻了起来。今天预定要见一个名叫木原志朗的少年。他是个十六岁的高中生，因为偷漫画书而被送到了这里。

5

其他调查官陆续出现。现在已经八点过半，一天的工作就要开始。七个调查官各自对着自己需要受理的少年，这也不行那也不好地伤脑筋。

比约定的时间提前二十分钟，志朗已经出现在门口。

志朗身旁站着一个男子，应该是他父亲。调查官与少年面谈的时候，监护人出席是必不可少的。因此，他父亲也被要求必须到场。

传唤书上有一栏是“监护人”，我们会在上面填上应当到场的家长。有些调查官直接把家长的名字写在上面，也有些会像我一样，在那一栏上填“父亲”或者“母亲”。为了让家长们多少带上些作为家长的自觉，我总会在“亲属关系”一栏写上“你们可是这孩子的父母。”虽然不知道这样做的效果如何，但是我想，这就和做祷告和练英语口语一样，只要踏踏实实地反复做，就一定会产生效果，一定会。

“木原志朗？”我问话的声音稍微有些紧张。因为之前那些遭到背叛的悲伤记忆忽然浮现在我的眼前。

穿着校服的少年答道：“是的。”他的视线忙乱地游移，没有直视我的意思，说话声也很微弱。

少年比我略矮，大概有一米七，身材瘦削，头发自然地竖着，看上去很帅气，给人留下颇时髦的印象。

“您是他父亲吧？”

听我这么一问，目测四十五岁左右的短发男子生硬地答道：“啊。”他穿着一身深蓝色化纤运动服，看上去像是刚刚慢跑回来，脸上架着一副大黑框眼镜，跟脸形一点都不搭配。

我来回朝志朗和他父亲瞟了几眼：冷漠的父亲和怯生生的少年，不讲究着装的父亲和时髦的少年。我心里一边默念上述看法，一边看着这二人。

“我们到接待室去吧？”我刚说完，少年便吓了一跳似的挺直腰杆。看来他十分紧张。

我暂时回到桌旁。一旁的阵内抬起头，朝站在门口的父子俩一瞥，又看了看我僵硬的侧脸，然后伸手给了我一本文库本，说道：“这个，能派上用场。”

“这是什么？”

“如果有必要，你把这本书借给那个少年吧。”

我接过包着书皮的文库本，又问了一遍："这是什么？"

"芥川龙之介的《侏儒的话》。"

这应该是芥川龙之介写的警句集。"这会有效果？"

"从不失灵！"阵内说这话并无根据，口气却充满自信。

我单手拿着文库本，它的书页翻卷了，"道德"的字样映入我的眼帘。

道德是方便的别称。就像是"左侧通行"[①]。

"这……这不是害我吗？"此时的我一定是一副欲哭的愁容。

"重要的不是让他读什么，而是让他思考什么。你可以对他说，下次来之前，把这本书中最触动他的句子找出来。关键是要他自己思考出哪一句最好。"

"别给我断言我还会第二次接待他。"我苦着脸说道。

家庭法院调查官处理的案件分为两类：羁押案件和送交案件。羁押案件是指要将少年移送至鉴别所[②]的案件。在这种情况下，我们必须去鉴别所和少年见面。反之，在送交案件中，当事少年依旧住在家中，过着日常的生活。送交案件适用于扒窃和偷盗自行车之类的轻微犯罪。志朗的情况正是送交案件。送交案件中，因为

①在日本，车辆靠左行驶。

②日本收容尚未接受裁决的未成年犯罪者的机构，收容期最长为四周，其间对犯罪行为进行调查，裁决是否应送入少年院。

少年犯的不是大事，所以很多情况下都是进行一次面谈，确认事发情况和本人是否反省，再写个报告就算结束。但如果少年的情况令人担忧，或者面谈进行得不顺利，那就要进行后续面谈。

“听我的，拿着吧，以防万一。”到头来，那本文库本硬是被塞到了我手里。

6

接待室装饰着观赏植物和绘画，大概是考虑到不要给少年压迫感和闭塞感。首先，我自报姓名，做了简单的自我介绍，然后大致浏览了一遍由他父亲写的调查问卷。调查问卷上写了志朗和他父母的简历，看上去像个家庭介绍。

志朗父亲的名字和我喜欢的小说家一模一样，连汉字都一样。这并不是个常见的名字，所以我想他一定是按照那个作家的名字起的。于是我试着说道："有个和您同名的作家呢。"志郎父亲却板着脸答道："不知道。"我也只好冷冷地回了一句："啊，这样啊。"

志朗父亲的职业是"饮食店董事长"，看名字是一家有名的连锁店，包括居酒屋和西餐厅，已经在全国开了好多家。"您就是那家店的老板吗？"我佩服地问道。对方面无表情地答道："算是吧。"

"您一定很忙吧。"

"算是吧。"

"您今天请假过来的？"

"算是吧。"

我感到一阵窝火，但还是忍着没表现出来。

"我来确认一下事实。"我读了一遍警察送来的"犯罪事实陈述"，然后问他们是否有误。

其间，志朗一直低着头。

志朗的父亲一直目不转睛地看着志朗。真是令人不快的眼神，我想，这眼神里感觉不到凝视儿子时该有的温暖和慈祥。这是瞪眼，是监视，是冰冷的眼神。

"能告诉我一下……"为了让志朗放松下来，我语气温和地说道，"你是怎么去那家书店的？骑自行车？"

首先从简单的问题开始。用和缓的提问让他们明白，这次面谈不同于警察局的审讯和法庭上的陈述，家庭法院的调查官也不是敌人。让他们抛开恐惧和警惕，一点点取得他们的信任，直到他们敞开真心说话。我们的工作概括起来就是如此。

我找工作的时候看到一本书上这么写："家庭法院的调查官就是运用心理学和社会学上的技巧，探明未成年人犯罪的原因和机理，在此基础上向法官给出合理的处理建议的犯罪问题专家。"

现在想来，这真是一段看上去既像那么回事又不像那么回事、颇为玄妙的说明。真的是犯罪问题专家吗？我直想摇头。

确实，我们平均每个月要和二十个以上的少年见面谈话，比其他人接触问题少年的机会多得多。但直到现在，我仍然没找到什么犯罪的机理。

调查官的工作无法和医生的工作比灵敏。医生只要看看 X 光片，观察一下血液检查的结果，就能决定患者的治疗方法。而我们却要揪挠着头发，时常闷闷不乐地决定如何处理少年犯。有时我们还会因为少年们的背叛而失掉自信，就像我这样。

我忽而想起阵内有一次发火的情景。当时，前任主任调查官催促他赶紧把事情了结。“既然是专家，就应该对未成年人犯罪的模式很有经验，不是吗？赶紧把事情给我办完。”主任粗暴地说道。一定是当时持续很久的创纪录酷暑让那位主任烦躁起来。

那个时候，阵内说了这么一番话：

“和孩子们打交道，可不是讲什么心理学或社会学。他们不是统计数据，也不是数学公式、化学公式，不是吗？况且是个人都会觉得自己独一无二。那种说什么谁像谁的话，我可不敢恭维。我就受不了别人老说我像约翰·列侬。可是，有些调查官常常挂在嘴上的却是‘啊，这孩子是这种家庭环境下长大的’‘这和以前处理过的案子是同一个类型’。这样把孩子们嵌进不同的型号里，孩子们会高兴得起来吗？这就像是情人节里所有男同事都得到了巧克力。从喜欢的女孩那里得到巧克力，满心欢喜地打开，却发现是和其他人一样的人情巧克力。这都是一样的悲剧。我们不要悲剧。作为一个调查官，面对孩子，就必须抱着‘他和其他任何人都不相像，是世上独一无二的孩子’的想法。”

这就像是一番演说。我一边听，一边在心里猛烈地点头，觉得有一股感激之情。可正是说了这番话的阵内，还没过去十分钟，就已经拿起橡皮在报告上吭哧吭哧地擦了起来，还说："不管了，这种事应付一下就好，反正少年犯的事都一样，一个模子里出来的。"最后都不知道他说的是什么了。

借小山内那套迂腐之言来说，调查官就是"通达法律的同时，又能将法律搁在一边来和孩子对话的人"。

用阵内的话来说，调查官就是"藏起手枪的牧师"。

虽说如此，眼前的木原父子却着实厉害。冷漠，不说话，就像顽固的艺术家，对我这个正精神不振的人来说，真是强敌。

"你是放学回家途中去书店的？"我问志朗。

志朗的动作有些怪异，听了我的问题，他先是一愣，然后一副诚惶诚恐的样子看着一旁父亲的脸色。

他父亲说道："这种问题你就老实回答。"

我很不喜欢这种口气。志朗或许是受到了父亲的言辞催促，便答道："是在放学回家的路上。那家书店就在回家路上，我骑自行车去的。"

志朗还是老样子，窥视着父亲的表情。他眼神飘忽不定，带着一副希望得到什么许可似的表情看着父亲。这样下去可不行，我心想，志朗太在意他父亲了。于是我将他父亲请到外面去等候，和他单独面谈。

7

现在留在接待室里的只有志朗了。我又重复了一遍问题，志朗的表情稍微精神了一点。我稍稍安心，但又提防起他那等在外面的父亲。他父亲从这里走出去的时候，瞪着他，用威胁的口气说了一句："老实点！"

"你爸爸，一直都是那个样子吗？"

"那个人？嗯。"

一听到志朗口中说出"那个人"，我的心就沉了下来。不少孩子都会把父母当成陌生人似的，称作"那个人""那家伙"，甚至会对着父母称"你这家伙"。有时候这固然是单纯出于难为情或者摆架子，但多数时候，这样的称呼是因为孩子和家长之间产生了距离。我曾读过一本陀思妥耶夫斯基的小说，上面说："在俄罗斯，父母和孩子之间有不用敬称说话的习惯，如果二人的关系不错也无妨，但若是发生冲突，那就难说了。”而我却认为，正是因为相互不用敬称才会使人发生冲突。不管出于什么原因或导火索，只要一直用不自然的言语，人之间的关系就会超出常态。对人的称呼上能够体现一种力量关系。

“今天你妈妈没来呢。”

“我妈去旅游了。”

“对你妈妈，你称她为妈，而对你爸爸，称他为那个人？”

志朗听了，困窘地耷拉下眉毛，搜索着答案，再次陷入沉默。我又问起他偷窃当天的事情，他看了一眼房门，言辞含糊。这样的对话来回了好几次。

难道说，志朗本来是个喜欢说话的人？虽然我没有确凿的证据，但直觉告诉我如此。也说不上为什么，总觉得他看上去是个能说会道、善于交际、在班里也时常引人注意的孩子。

眼前的他却不怎么说得出话来。他明明一副很想说话的样子，但话到嘴边又开始犹豫。我只能认为是他父亲给他带来了巨大的压迫感，而他父亲留下的那句“老实点”正束缚着他。

“志朗，放假的时候你都干些什么？”为了转换气氛，我换了个话题。

志朗没有马上回答，似乎在苦恼这个问题是可以回答还是应该保持沉默。过了一会儿，他才细声细气地答道：“听听爵士乐。”

“哦？听爵士乐啊。”我并不知道听爵士乐在现在的高中生中有多么普及，“你爸爸对此有什么评价？”

“我爸讨厌爵士乐。”志朗小声说道，“每当我听的时候，他就会发怒，关掉音响，说什么听了让人烦。”

只有这一次，志朗将自己的父亲称为“爸”。

“可他却穿着一身运动服。”

“哎？”

“运动服和爵士乐不是谐音嘛，”我说道，“jersey，jazz。”[①]

“武藤先生，你多大了？”志朗一脸认真地问道。

“二十八了。”

“哦。”他一副想说什么的样子看着我。

“你这是在藐视我吧？”

“不，没有。”

“你把我当成傻瓜了吧？觉得我像个老头？”

“没有。”志朗一脸迟钝的表情，“只是觉得，把运动服和爵士乐放在一起是不是不太好。”

“但反过来，这样的冷笑话也很新鲜吧？”我特别强调了“反过来”几个字。

我本来期待这个舍身讲出来的冷笑话多少能让志朗开朗起来，但效果却没有想象的那么好。

“你是想要那本漫画吗？还是你就想拿件什么东西？”

“我觉得是……想要那本漫画。”

---

①日文中，这两个词均为外来语音译，因此谐音。

“你不觉得那样做不对吗？”

“当时——”

就这样，对话进行一半就停住了。于是我又问：“现在认识到不对了吗？”他却陷入了沉默。

“把你当时的心情告诉我吧。”我努力装成一个跟他相识了十年的好友，轻快地说。但他只是欲言又止的样子。

“要是你不能坦白地说出来，那下周你还要来一次哦。”我一边夸张地大声说道，一边抱起双臂。

“啊，是吗？”志朗说道。不知为何，他似乎还有些高兴。以此为界线，无论我再问什么，他都没有回答。

我搞不清楚他究竟是单纯地觉得再来面谈一次也无所谓，还是不喜欢我这种问话方式，总之他不再开口了。

我别无他法，只好改为和他父亲面谈。我让志朗在外面等着，又将他父亲叫了进来。走出接待室的时候，志朗扭头说道：“你一定要告诉那个人，我刚才都说了什么。”

“告诉你爸爸？把你说的话？”

“是的，告诉他我都说了些什么。”

我回答说：“明白了。”心里却什么都不明白。你让我告诉他——我挠起了头。可志朗，你不是什么话都没对我说吗？

8

正如我担心的，志朗那穿着一身运动服的父亲是个强敌。我的态度并没有什么不好的地方，可他脸上紧张的表情到最后也没有变化。

“那孩子刚才说了什么？”他抢先问我。

“他没怎么说话。”

“总不可能什么都没说吧？”

或许这位父亲是那种对孩子的一言一行不从头管到脚就不罢休的人。他一定是因为在董事长的位子上成功了，才会一味地觉得自己的生活方式正确，并强求儿子也变成和自己一样的人。不管是踢足球还是打棒球，要是拿成功过一次的战术来反复使用，到头来肯定会被对手发觉，而他却天真地认为人生可以反复采用同样的战术。

我即兴做了上述分析。

“志朗喜欢听爵士乐吧？”

这位父亲绷着脸，什么也不说。

“您不喜欢爵士乐吗？”

“不知道。”他没好气地说道。

“听爵士乐很好啊。”虽然我只知道几个萨克斯演奏家，但还是说了这话。

“我可没听过什么爵士乐。”

这难道不是因为你把音响里播放的爵士乐关掉了吗？

“他还说了什么？”

“那个，”我脸上浮现出僵硬的笑容，“其他就没怎么说了。志朗在家里说过什么有关偷窃案的情况吗？”

“没有。”

“他以前偷过东西吗？”

“不知道。”

无论问什么，我得到的回答都只有“不明白”“不知道”“算是吧”。我不由得心生厌烦，一旁的自动取款机都比他更会说话。

“您给志朗零花钱吗？”

“算是吧。”

“给多少呢？”

我刚问完，对方倒不耐烦地向我反问道：“那孩子说是多少？”

“我没让志朗回答。”

“那我也回答不了。”

这是什么道理！我气力全无。难道——我心想，难道这对父子想让我这个已经处于失落中的调查官掉入更黑暗的深渊，最后让我发疯吗？我甚至有了这样的猜想。

虽然这种徒劳的提问仍在继续，我心里却早已放弃。事情变得和阵内预言的一样，我很不甘心，但我已经做好再进行一次面谈的准备了。

我把志朗再次叫进来，告诉他：“下周同样的时间，请再来一趟。下次只要你来就行，请一定要来。”

“必须来吗？”志朗看了我半天，终于说了一句话。

“必须来！”我猛地点头，“要是不来，我就上你家请你过来。”为了强调严肃性，我威胁般地补充了一句。

如果听到要再面谈一次，通常孩子都会摆出一副不情愿的表情，会觉得不耐烦或不安心。而志朗却往椅背上一靠，明显露出高兴的神色，甚至显得有些狂妄。

“你很开心？”

“倒不是开心。下周非来不可，对吧？”志朗向我确认。

我半带着自暴自弃的心情，将阵内交给我的文库本递给志朗，心中有种把希望寄托于此的感觉。“这个拿回去看一下。这是我布置的作业。”

他父亲也看了过来。

“这是芥川龙之介的书。在这本书里，他对许多事物都写出了自己的见解。”虽然我已经记不太清书里的内容了，可还是装出一副很了解的口气。

“呃，作业？”

“看过之后，把你喜欢的句子找出来，哪怕一句也行。”

“嗯。”志朗哗啦哗啦地翻起书。他父亲则在一旁紧盯着。

说实话，我不敢想象《侏儒的话》是否会有效果。布置这样一个家庭作业，或许也算是草草了事的举动。

“今天就到此为止吧。”我说完站起身。这时志朗大笑起来。只见他手中的文库本摊开着，畅快的笑声响遍整个房间。

“怎么了？”

“这个，是武藤先生制作的吗？夹在里面呢。”志朗从文库本里抽出一个小册子，“这可不是芥川龙之介的吧？”

“哎，这是什么？”

我有种不好的预感，心里一阵不安，慌慌张张地接过小册子。只见上等的纸上排着用打字机打出的字，题目是“侏儒的话·厕所语录编”。小册子和《侏儒的话》一样列着许多警句，或者说像警句的话，但里面的内容却真的是从公共厕所里搜集的胡言乱语，净是些奇怪的话。

“求神不如求厕纸，兼求头发丝。”[①]

①日文中，“神”“纸”和“头发”发音相同。

这不就是句俏皮话吗？

“女厕所变成了迷宫！时间停止在其中！”

这大概是对上厕所迟迟不返的情人发出的惊叹之词。

“我想当妇产科医生！”

看着这句，我几乎也要笑出来了。估计是在青春期里对过剩的性欲无可奈何的男子发出的不正经的呐喊吧。

不明不白的文字一段接着一段，我开始为难，不知道接下来该说什么。志朗咯咯地笑着，说道：“武藤先生，这个太逗了。”他父亲本来面无表情，可看了纸上的文字后，也变了神色。“这是什么玩意儿？”他歪着脸问道，表情看上去并没有不快。

木原父子回去后，我立刻回到调查官办公室，向阵内发难道：“那本文库本里夹的是什么？”

“那个？那可是我特意制作的。从街头的厕所里搜集的名言集。堪称力作吧？里面全是些有意思的句子呢。”

“亏你还说有意思。把那玩意儿交给一个少年，这让我怎么办？”

“你也想要？”

“我不是想要……”

我本想对阵内再发几句牢骚，但到头来还是作罢。跟他斗嘴没有胜算，更重要的是，志朗临走向我致意时的表情比刚来的时候开朗多了。这绝对是阵内那本无聊的“名言集”的功劳。

9

过了两天，我在一个意想不到的地方和志朗再次见了面。时间是周末，地点是快餐店。那天我在大街上闲逛，晃进一家西装店，被一个留长胡子的店员缠住，买了一件并不怎么喜欢的秋装夹克。买完衣服回家的路上，我进了那家快餐店。

我正喝着咖啡，有个人忽然站到我眼前，吓了我一跳。这人便是志朗。

“武藤先生，真是偶遇啊。”

“啊，是啊。”

我很喜欢调查官这一行，对此有种自豪感，可是在工作时间之外和少年见面并非我所好。在闲暇时间还想着工作的人，与其说是个劳动者，倒不如说像个艺术家。

“我买了点东西。”志朗举起服装店的纸袋，笑着说，“那个人的衣服。”

“你爸爸的？”

“老穿运动服也不好嘛，很古怪吧？”

“也是。”我回答道，脑子却陷入混乱。志朗和他父亲的关系究竟是怎么回事？我搞不明白了。

“啊，这可不是偷来的。”志朗脸上浮现出孩子气的表情，未经我同意便坐到了我对面。你要是吃完了就赶紧回去吧——我没有把这句话说出口。毕竟我还有常识，不能想到什么就说什么。

“你爸爸怎么样了？”

“那个人现在在家呢。”

我心想，怎么可能命令儿子去给自己买衣服？可又无法否定。

“你妈妈还在旅游吗？”

“是的，还有一个星期才回来。”

“你今天的气色比上次去家庭法院的时候好多了。”

这个时候的志朗和几天前在接待室和他面对面时判若两人。或许是他父亲不在场的缘故，可这变化也太大了。而且这种说话充满朝气的样子看上去才是他本来的面目。

“情况变了。”

“情况？什么情况？”

他微微一低头，仿佛要掩饰害羞，挠着太阳穴说：“我和那个人的关系。”

“和你爸爸？”我吃惊地反问道，“情况真的变了吗？”

"我和他好好谈了。"志朗不知为何，正在忍住笑意。

"你和他谈话了？"

"我明白相互沟通的重要性了。"

我惊呆了，心想真是看了一出奇妙的闹剧。闹剧结束时，剧中人物都会忽然变得很明事理，这种事现实中也会有？我感到不可思议。但志朗阳光灿烂的表情又是无可争辩的事实。

"您这杯黑咖啡是没加糖的吗？"他指着放在我们正中间的咖啡杯说道。他似乎感觉到了我和他之间的距离感，交替用着随意的语气和敬语。我并不怎么讨厌这种平衡人际关系的方法。

"没有加糖，怎么了？"

"因为你叫武藤，所以才会无糖吧？"①

我目不转睛地看着志朗，说道："对一个高中生来说，与其说这是个无聊的冷笑话，倒不如说是一种让人羞耻的失态吧？"

他皱起了脸，辩解般说道："我只是想配合你一下而已。我还以为你喜欢听这种冷笑话呢。见什么人说什么话，我最拿手了。"

"虽说我看上去这样，可我才二十八岁呢。"

"哎？"

"我还没到大叔的年纪。"

"可是，你还是比我大十多岁嘛。"

我本想反驳，但想想还是算了。不管了，我心想，把一个二十八

---

①日文中，"武藤"和"无糖"发音相同。

岁的人看成“中年”的伙伴，就跟说“白蚁并不是蚂蚁的一种，而是蟑螂的同类”一样，对日常生活并没有多大影响。

“对了，武藤先生，我现在正读这个呢。”志朗拿出一本文库本，正是我交给他的芥川龙之介的书。

“哦？你还随身携带呢。”我心想他还算听话。

“太有趣了。武藤先生写的那些厕所的句子最好笑了。不过书上写的内容也挺有意思的。”

我辩解说，那个小册子并非出自我手，志朗却不信。

“你平时喜欢看书吗？”

“我倒是不怎么看书，但这本书可真有趣，傻乎乎的。”

“傻乎乎的才是好书吧。”我同意道。“傻乎乎”有时会当褒义词用。说起来，两年前和我分手的女朋友也曾饱含热情地说过一句“约翰·卡朋特的电影傻乎乎的”，或许也包含了一种褒奖的意味。

“这本书，那个人也读了。”

“那个人？你爸爸？”

“那个人不知道什么时候就读起来了，还笑了。”

“你爸爸还笑了？”

志朗看着书说道：“是啊，好像是笑了。对了，我喜欢的句子是，呃，这个这个，这句真不错。”

我仔细地看起他翻开的那一页。

人生悲剧的第一幕，是从成为父母子女开始的。

“原来如此。”我点头道。

“还有，这句话是我和那个人都喜欢的，很好笑。”他往前翻了几页，交给我看。

> “憎其罪而不憎其人”，这实行起来并非难事。大多数孩子对大多数父母都规规矩矩地实践了这条格言。

我笑起来，又说了一遍“原来如此”。芥川龙之介也有说话尖锐的时候啊。孩子习惯于从家长那里得到许可，这是人之常情，而“家长总是破坏孩子的幻想”，这也和我日常生活中的感觉一致。而志朗那个冷漠到极点、处于绝对君主地位的父亲，居然会读这本书，还和志朗一起发笑，真是无法想象。

“武藤先生，你为什么选择当家庭法院的调查官？”志朗突然问道。

“为什么忽然问这个？”

“面谈时我一直被你问，现在换一下吧。你为什么要当调查官？”

“是啊。”我盯着志朗，眼睛不停地眨巴着，让睫毛也颤动起来。隔了足够长的时间，我说道：“为了见到你。”

“什……什么？”志朗一脸困惑。

“有一次，我接待了一个可爱的女高中生，也被问到了同样的问题，我当时是打算这么回答的。”

“武藤先生，你太笨了。不过，人虽愚蠢却不自知，这也不算罪过。”他只是个高中生，却装出一副高人一等的口气，“话虽这么说，可你不觉得调查官的工作很辛苦吗？”

“为什么这么问？”

“明摆着嘛，调查官对我们什么都不了解。我们狡猾，还能一脸平静地撒谎。”

“是啊。”我眼前忽然浮现出前几天那个让我失望透顶、做援助交际的女高中生的脸来，不禁想叹气。

“武藤先生，你和我们这样的人见面谈话，真的能找到我们犯罪的原因吗？”

志朗或许是在和我开玩笑，但我还是语气坚决地断言道：“能找到。”

志朗显得有些吃惊。“你确定那不是只有你自以为正确的原因？”

“调查官既不是刑警也不是老师。”我抓起一把零散的炸薯条，说了一句慷慨的话，“你也吃些吧。”

“跟刑警和老师有微妙的区别？”

“完全不同。”我说道，“刑警是逮捕我们的人，只要我们干了坏事，就会被他们抓走。老师是教我们东西的人，他们教给我们人活于世应当知道的常识。”

“那调查官又是干什么的？”

“是倾听你们说话的人。”

“听起来还挺伟大的。”志朗苦笑道。

“更准确地说，调查官就是你们唯一的盟友。”

“我们的盟友？我们还有律师呢。”

即使是未成年人犯罪，律师也可以作为陪同人，像正常的官司一样参加审判。

“律师可不是盟友，他们只是你花钱雇来的专家。但还是值得信赖的。”

“可是，我朋友说，多亏律师帮他的忙，把一起原本是恐吓勒索的案子变成了普通的借贷。”

一阵忧郁涌上心头，这时我的心情一定和咖啡的颜色一样，而且是没加糖的。因为武藤，所以无糖。

“是吗？”我说道，“律师能做的也就只有这些了。把一起勒索案大事化小，并不算真正拯救了这个孩子。这就跟偷偷告诉一个屡击不中的击球手对方接球手打出的手势是什么意思一样。这只能管用一时。对一名球员来说，真正要做的是改变不规范的击球姿势。”

“武藤先生，你是说你可以纠正那些不规范的击球姿势？”

“即便改变不了，也能让他们知道自己的姿势不对。”

“那样岂不是毫无意义？”

“就算没有意义，”我嚼碎薯条，盐分让我分泌出口水，“也至少是个盟友，不是吗？如果我是球员，有人告诉我姿势不对，我会很高兴。”

“是吗？可是你们让我们去谈话，然后只管向我们问问题。说老实话，这让我很讨厌家庭法院的人。”

“调查官是握着手枪的牧师。”我说道。这不是发自我内心的话，是从阵内那里学来的一套。

“听上去倒是很有风度。”

“就算大叔也有想表现风度的时候嘛。”我笑道。

“你说的‘手枪’指什么？”

“我们调查官握住的是法律这把手枪，但很少用。”

“你是说不使用法律？”

“按我的意思，”我说道，“即使用上了，我平时也会藏起来。”

“是舍不得吗？”

“因为我是牧师。”

“牧师？”

“我们一直在等着犯罪的少年说出心里话。在忏悔室里说话是不需要手枪的。”

“可你们不还是握着枪吗？”

“到了万不得已的时候，我们就会以枪威胁，把他们强行带到教堂里。”

“真吓人。”

“是啊，我们看起来可能招人喜欢，实际上却很吓人。不过，从这一点来说，律师可从不藏起手枪。他们就像赚取悬赏一样，砰砰地开枪。跟他们相比，你难道不觉得牧师才是你们的盟友吗？”

“光听人说话可解决不了问题。”

“可是有很多孩子就是苦于没人能倾听他们说话。”这是我的真心话。

“听你这么说，感觉比起律师和刑警，你们调查官才是最伟大的。”志朗笑道。

“就是为了让你这么觉得，我才这么说。”我笑了笑。虽然是自己说的，可还是觉得不好意思。“不过，我们调查官很少用枪，所以即使到了万不得已的时候，也忘了怎么用了。”

“这可不行。”

“是啊。”我说的，正是几个月前从阵内那里听来的原话。

“你觉得家庭环境是导致犯罪的原因吗？”志朗仿佛在调查我这个调查官的资质，紧接着问道。

“我觉得是。”我立即答道。

“有这么简单吗？”

“就这么简单。”我断言道，“正因为原因简单，世上才净是不良少年。”

“你的意思是说，问题出在父母的爱上面？”志朗似乎想说这太过简单、太过浪漫主义了。

“这世上没有什么好家长，但也没有不受家长影响的孩子吧？”

“可是，就算是这样，我也无法想象犯罪的原因会出在家长身上。”志朗说道，“在我周围，还有因为闲得无处打发时间而犯罪的人。那样的人应该很多才对。”他把手伸向薯条，放到嘴里咯吱咯吱地吃了起来，“而且，他们又轻而易举地骗过了像你这样的调查官。”

这是事实。有些孩子只是抱着玩的心理犯了罪，来到家庭法院的时候却说：“爸妈对我不好，他们不爱我。”但说实话，我对这样的孩子感到乐观。因为他们独自一人的时候不会出问题，只有聚集在一起时才会被带坏。阵内常说：“孩子这个词用英语说是child，可变成复数的时候并不是childs，而是children。这就变成另一种东西了。孩子就是这种性质。”

随着年龄的增长，那种类型的少年会渐渐聚不起来，终有一天会远离那些因为打发时间而犯的罪。所以我对他们并不太担心。

但是另一方面，有些孩子犯罪并不是出于年少轻狂，而是另有原因：他们苦于自己的生活。而他们犯罪的深刻动机并不能简单地被发现，所以我们只有做少年的盟友这一条路。

“我们已经看穿了。我们并不是被难缠的少年骗了，而是故意装出被骗的样子。”

“你真是不愿认输呢。”志朗挖苦道。

这确实是不愿认输，但我却说：“拿着手枪的牧师不可能被骗。”

10

我和志朗回家的方向一样，当然这只是偶然。虽然有些不情愿，但既然事情已经朝这个方向发展，我还是开口说道：“能不能去你家看看？”

我们沿着从市区通往郊外的国道并肩走着，说着无关紧要的话。正如我在面谈开始时感觉到的，志朗是个充满朝气、活泼开朗的普通高中生。他适当地表现出礼貌，又适当地显露害羞，有时我还能窥视到他比我聪明的地方，而他又恰到好处地表现出鲁莽的一面。

“上次的面谈，你是因为紧张吗？”我随口问道。

志朗忽然浮现出困惑的神色，苦笑道：“是因为状况不同。”仅此一句。当志朗知道我还是单身时，便又露出很高兴的表情说道：“给你介绍个女高中生吧？”

“好啊，说话算话。”

“调查官说这话合适吗？”

“调查官也需要女朋友嘛。”我答道，“你有女朋友吗？”

他的表情立即起了变化，脸色刚变得苍白，脸转眼就扫曲起来，耳根都红了。“有过，分手了。”

我看着他，心想这事或许和他偷盗有关。虽说随意的主观臆测是危险的，但因为志朗寂寞的侧脸给我的印象太深，才让我做出了如此推测。

“要是没女朋友，我给你介绍一个吧？不过是个比你大十岁的阿姨。”我说道。

“是为了照顾晚辈吗？”志朗苦着脸说。

志朗家的房子十分气派，即便在这片高级住宅区中也引人注目。砖红色的墙壁透着厚重感，庭院也宽阔气派，大门两侧种着榉树，枝繁叶茂，围墙里面则整齐地排列着一种叫矮松的观赏针叶植物。真气派啊——但我没有说出口，因为我并不觉得说了这话会让他高兴。父亲是一家大公司的董事长，这样的事实必然会给一个孩子带来相应的重负。

这时我发现了一个奇怪的情况：志朗的家里正飘出音量很大的音乐声。

二楼房间的窗户敞开着，声音正是从那里传出来的。

爵士乐！次中音萨克斯，桑尼·罗林斯。这是他一张著名专辑里的曲子，连我也马上听出来了。此时四下里飘荡的都是他那豪迈的曲调。

我瞥了志朗一眼。

志朗咂舌道："他听着听着睡着了。"

"嗯？"我一时语塞，"你爸爸不是不喜欢爵士乐吗？"

志朗重新看向我，鞠了一躬，说道："再见了，武藤先生，下周见。"然后匆忙钻进家门。

我被留在原地。几秒钟后，志朗的脸出现在那扇传出罗林斯曲子的窗边。他神情尴尬，匆忙低了一下头。过了一会儿，穿着一身运动服的志朗父亲站了起来，出现在窗边。或许是因为一直在睡觉，他没有戴眼镜，一副不好意思的表情，全然不见在全国各地经营连锁店的董事长的威严。

我点头致意，转身离开。

我并不感到释然：志朗前几天不是还说他父亲不喜欢爵士乐吗？不是说只要在家里让他父亲听见，他父亲就会立刻关掉音响吗？

可我现在看到的事实却和他说的相反。从他家里飘出的竟然是堪称爵士乐之王的萨克斯演奏家的乐曲，而他父亲居然听着这乐曲打起了瞌睡。不喜欢爵士乐还要听？难道我被骗了？我脑中浮现出种种疑问，但马上又消散了。我不想琢磨这些东西。

11

“武藤，你这是被骗了。”阵内将我不愿琢磨的事情脱口而出。

还是早上的办公室，我将周末遇到志朗的事以及有关他父亲在爵士乐上的矛盾说给阵内听。

“不要这样妄下判断。”

“可事实就是这样。那种穿运动服的大叔，心里一定没想着什么好事。说不定他跟他儿子另有图谋呢。”

“图谋什么？”

“想象得出来，”阵内自信满满的样子让我不安起来，“那对父子间一定隐瞒了什么，所以对你撒了谎。”

“那对父子的关系看上去可没好到能一起密谋事情的程度。”

“所以啊，”阵内焦躁起来，竖起手指说道，“当然不会让你看出来了。他们只是在面谈时装成父子不和的样子而已。那只是他们计划好的步骤罢了。”

我想起了上次面谈时的情景：一个是仿佛在监视孩子的父亲，一个是对那视线惶恐不安的孩子。那会是他们的表演吗？

“我觉得不像在演戏。”

“面谈的时候和你在快餐店见到他的时候，你的感觉是不一样的吧？”

“完全不一样。”我不得不承认这一点。

“我知道了。”阵内脸上浮现出一丝诡异的笑容，让我不禁有了不好的预感。“他的妈妈，没出现吧？”

“是的，好像是在旅行。”

“骗人的。”

“啊？”

“那个父亲和儿子联手把母亲杀了，就埋在院子里。为了隐瞒这事，他们的行动才显得可疑。”

“等……等一下。”我站了起来，“什么叫把母亲杀了？”

“很简单的事实。”阵内一脸满足地晃着脑袋。

“你下的是什么判断？”

“可能是这样吧。就算没说中，也差不了多远。”

“就算是，退一万步说，就算发生了这种事——”

“发生了，一定没错。”

“那他们还有什么必要撒谎说不喜欢爵士乐？”

“这个嘛，”阵内东张西望。看来他是在一边说话一边寻找歪理，这是他惯常的样子。“尸体总会散发出腐臭味吧？就算埋了也会散发出来。他们想要用爵士乐把这个掩盖住。”

“用爵士乐掩盖尸臭？”我哼了一声。

“通过刺激听觉来钝化嗅觉。”阵内肯定连自己都不懂自己在说什么，“当时不是放着桑尼·罗林斯的*Moritat*吗？那曲子本来就是一出以罪犯为主角的歌剧里的，有个别名叫*Mack the Knife*。啊，原来如此，也就是说，他母亲是被刺死的，所以才会听这曲子。”

“我看不是那样。”

“要不就是这样！”阵内把嗓门提高了一度，“他父亲对杀死他母亲的事感到悔恨。为了赎罪，他父亲听起了爵士乐。他父亲放大音量听自己不喜欢的爵士乐，正是在惩罚自己。这是赎罪。”

“别说这种《怕包子》[①]之类的话。”

“音乐有时是会拯救人的。”阵内噘起嘴说道。

阵内是个乐手，这件事同事们都知道。有时他会借口说乐队有训练，然后提早赶回去。也有很多时候，他会闹情绪说自己周末有演出，无心工作。平时就喜欢吵吵嚷嚷的阵内，又去弹一把声音嘈杂的吉他，光是想象就够让人生畏了，所以我至今为止一次都没看过他的演出，也没听过他的演奏。“来看我的演出吧”——阵内也从未这样邀请过我。小山内倒是去过几次他的演出现场，

---

①日本落语题名。内容为有人声称害怕包子，别人想捉弄他，买来各种包子，于是此人将计就计，一边说“好怕，好怕”，一边将包子吃光。落语为日本传统曲艺，与中国的单口相声相似。

我曾问感想如何。“还不错。”小山内点了点头，然后莞尔一笑，说道，“阵内的吉他弹得真不错。”

听他这么一说，我还真想去看一次。但事实上，每次看到阵内自吹自擂地挺起胸脯说“我的演奏可是帅到了家”，我反倒有种排斥感。

再加上阵内还抓着我讲过他“十八九岁的时候，遇到过一次银行抢劫”这种明显是编造的故事，胡说八道什么“那时我唱了一首 *Hey, Jude*”。说实话，我甚至对他有了警惕，怀疑他到底有几句话是认真的。

“阵内，你父亲是个什么样的人？”快要上班的时候，其他桌子旁也陆续来了人，开始搅乱室内的空气。这时，我忽然想要问这样一个问题。

“怎么了？”阵内罕见地露出畏缩的神情。

“没别的意思，只是见了志朗的父亲后，我觉得那太可悲了。既不相互理解，又冷漠。我在想，你的父亲会是什么样子呢？”

“我老爸也很差劲。”阵内的声音很清晰。

阵内无论何时都是一副不认输的样子，因此我想这话一定也激发了他要和志朗比高下的心理，可看他的表情却不是那么回事。他显出一副我从未见过的认真表情。“他道貌岸然，净说些大道理，实际上却嘴脸丑恶，是个差得不能再差的人。”

“他会对你和家人大打出手吗？”

“他要是会打人，那我倒容易理解他了。可他并不会。在社会上，他是个出色的人物，认真又优秀。但那是最要不得的。”

“要不得？”

“即使和我老妈离婚，再也见不到，我还是最看不起那个男人。”

“这样啊。”我没料到他竟然会说这些话，压低声音说道，“那现在也是吗？你现在还蔑视他吗？”

“现在就不知道了。我已经无所谓了。”阵内连掩饰的样子都没有，表情痛快，仿佛这事已经有了定论似的，“后来发生了一件小事，我再也不管他了。”

这时我被小山内叫走，便没再往下问。

12

当天回家的路上，我顺路拐到志朗的家附近。他家虽不是我回家路上的必经之地，但我总归是起了好奇心。我踮起脚，透过矮松和榉树之间的空隙窥视院子里的情况。虽然暮色西沉，光线倒不太暗。

我并不愿意承认，但阵内那句毫无根据又耸人听闻的“那个父亲和儿子联手把母亲杀了，就埋在院子里”，总让我平静不下来。

我抽动鼻子寻找着异味，只闻见树木发出的馥郁香气，并没有腐臭。我眯起眼睛，确认院子里有没有被挖过的痕迹。这已经超出了调查官的工作范围。

我要是再在这里逗留一时半会儿，肯定会令附近的主妇报警。正当我这么想时，门开了。我快步藏到电线杆后。

从门里出来的是志朗的父亲。他似乎在提防四周的动静，左右张望着。

我不自觉地跟在他身后。他此时并没穿运动服，而是穿着一件深蓝色的短袖夹克，说不定这是志朗前几天买的那件衣服。天色渐渐暗了下来，我跟着他拐进闹市区。此时居酒屋、俱乐部和拉面店的招牌已亮起灯光，显得有些滑稽。见他在开着一家便利店的街角左转，我也加快了脚步。一转过去，只见他已经在那里等着我了。“你是之前家庭法院的那个人吧？”

“是……是的。”

我正准备致歉，他又开口了：“去喝一杯吗？”

“啊，好。”

志朗的父亲有点自暴自弃地喝起酒来。既然是堂堂一个董事长请客，那就该在一家高级酒吧，或者有礼数周到的女服务员的俱乐部，但事实让我的期待落了空。我又想或许会在他家自营的连锁居酒屋让我享受一下老板的待遇，然而也不是。我们走进的是一家连我在大学时都看不上的小居酒屋。

即便开始喝酒，志朗的父亲还是没有半点诘问我为什么跟踪他的意思。

“上次那玩意儿，太有意思了。”他喝了好几杯啤酒后才开口说话。

我正愁着怎么对付第二杯酒。“您说的那玩意儿是什么？”

“那个叫芥川什么的书。”

“啊。”

“我昨天可读了一整天。我都几十年没碰过书了。”

“您当上董事长后就觉得不再需要看书了吗？”

“不，当然需要了。”他仿佛并不是在说自己。我心想，既然是开玩笑，他至少也应该笑笑才是。

“您觉得哪句话说得最好？”

“是那句吧。那句什么‘我们人类的特征是犯下神绝不犯的过失’，还有那句‘没有比不受惩罚更痛苦的惩罚了’。”他居然背了出来，实在令我惊讶。

听着他的话，我心里念头一闪。“这样啊，您一定是经历了某种只有人类才会犯下的过失，因此想接受惩罚吧？”我刚说出口，心里马上就咯噔了一下。他这话听起来实在像是在坦白“我杀了志朗的母亲”。

“是啊。”他说道。他似乎还想再说些什么，但新点的啤酒已经端来，他又自顾自喝了起来。

“志朗是个好孩子啊。”

“那小子，是啊。”出人意料，他马上就认同了，“是个好小子。”

“上次的面谈，您显得十分冷漠，一副很吓人的样子。”我试探道，反正他已经喝醉了。

“那个时候……是啊，当时情况不一样。”

“情况？”这难道是什么暗号吗？父子二人张口就是“情况变了”。难道是他们父子俩想用这句谜语一样的话搅乱我的心思？他们就这么恨我吗?

"我连累了他。"他或许已经醉得不行了,摇摇晃晃地对我说道,"我做了对不起他的事。"

"我想我明白了,"我说道,"果然是您在家教上出了问题。"

他已经完全醉倒,似乎没有听到我说的话。

于是我横下心来问他:"志朗的母亲现在在哪儿呢?"因为不好直接问"是不是被杀死埋掉了",所以我用了这种委婉的说法。

他的反应却很平常:"都说了,旅行去了,旅行。这个时候,亏她还有闲情雅致。"

如果把这看作是杀人犯撒的谎,那也太自然了。他没有半点惊讶或者紧张的样子。阵内随口说出来的推理果然是胡说八道——我得出结论。这本来也是理所当然的。我没有再往下说有关志朗家庭的事。不过,这个看似顽固到家的独裁君主般的父亲,看上去也有了后悔和反省的意思,光是这一点也让我感到颇有收获。

即将走出店门的时候,他忽然对我说起话来。仿佛在不经意间,他已经清醒了,语气丝毫没有含糊:"武藤先生,你觉得孩子的人生可以改头换面吗?"

"什么?"

"你们只不过是跟孩子见见面、说说话而已。这样能让孩子产生什么变化?"

"我想,能改变最好不过。"这是我的真心话,"或许这并不现实。"

“这就对了，现实。现实啊，这才是最重要的。”他用喝醉后那种特有的一字一顿的语气说，“就算是我们大人，不也常常有人说想变成鸟这样的胡话吗？”

“或许有那样的人吧。”我也想变成鸟啊。

“那样逃避现实真的好吗？变成了鸟，那又能怎样？”

“是啊，话是这么说。”他究竟要说什么？我一边思忖，一边想象鸟在空中盘旋，可抬头一看，却不见天空，只有居酒屋的天花板。“可是，既然有人觉得自己就像只鸟，那总归有他自己觉得幸福的地方。”

“幸福？”

“只要感觉着我就是只鸟，不就挺愉快的吗？”

“愚蠢。”他把目光移开，试探般说道，“武藤先生，你觉得你就这么了解孩子吗？”

“这个嘛，”我挠着头说道，“老实说，我真不了解。可我觉得我总能想出办法来。《E.T.》里面，外星人和地球人的孩子不也相互了解了吗？”

“但那不是电影里才有的事吗？”他板着脸说道。

怎么回事？他的脑子不是转得很灵嘛——我噘起嘴。

13

付钱时竟然是各付各的，简直难以置信。我一直以为他会请我，甚至想问问这位董事长："我真的需要付钱吗？"

我们离开那家烟雾缭绕的烤鸡肉串小店，朝大路迈开步子。志朗父亲并没有醉成我担心的那样，虽然说话已经口齿不清，步子却走得很稳。

"说实话，武藤先生，我有些话想跟你说。"当我们走到一家正在装修的弹子房前的小路上时，志朗父亲忽然说道。

我正准备回话问"什么事"，背后传来啪嗒啪嗒的脚步声，我们的谈话就此中断。但还不仅如此。

一个看上去并非善类的男子从我旁边跳向前方。我正想着是怎么回事，就已经撞到了一旁的自动售货机上。

两个穿着不合时令的夏威夷衫的男子站在面前，身上仿佛写着“找碴儿”几个字。其中一人轻轻拍了一下志朗父亲，瞪着他。能够确定的是，这绝非旧友重逢。

“可被我们找到了！”一个令人战栗的声音传过来，“说什么去弄钱，结果却跑了！”

志朗父亲的头就好像是缩进了壳里，说道：“对……对不起。”

我靠在自动售货机上看着这场面，脑中恍恍惚惚。一个大公司的老板、让儿子怕得要死的父亲，居然在痞子面前反复道歉，这光景真算得上奇幻。看来，志朗父亲应该是向一些来路不明的人借了钱。这么说来，他那些连锁居酒屋也许并不那么赚钱，或者已经难以维持。

这几个正在气头上的痞子年纪有多大？作为调查官，我难道不应该马上向他们提问，和他们一起思考重新做人的出路吗？这样的使命感在我心中油然而生。看样子我是喝醉了。

“你口气不是挺傲吗？”穿夏威夷衫的男子揪住志朗父亲的领子说道。

这时，我条件反射般动了。“你们住手！”我说着，从自动售货机旁站起身，右手摇晃着伸向前方，朝两个男子走去。

“找打是吗？”我被迎面威胁道。

志朗父亲不安地看着我。

“你们住手就是了。”我伸手抓过夏威夷衫男子的手，将他和志朗父亲分开。

“你这浑蛋！”男子拽着我的衣服说道。

这时，我脑中的一段记忆复苏了。在想好之前，我的身子就先动了起来。等我回过神，才发现已经转过身，狠狠地给了志朗父亲一记右拳。而脑中的另一个我此时正在惊讶：怎么回事？但现在后悔也晚了，被我打的志朗父亲带着一副发自内心的吃惊表情，摇摇晃晃地倒下了。

我看到身后的两个男子，他们也正感到莫名其妙。而我自己，打了人也就罢了，打过之后却只能干站在那里，傻呵呵地露出一丝浅笑。自然，那两个男子很快揪住我的衣服，踢了我好几脚。最后我也倒了下去，似乎还倒在了志朗父亲的身上。

但我们也没有受到没完没了的暴力，因为不久之后，不知谁喊了一声"打架了"，两个男子随即跑开了。

志朗父亲非常忌讳上警察局。至于他不愿去的理由，我不得而知。

"实在抱歉。"我已经陷入极度的自我厌弃中，直想找个洞钻进去，却找不到洞。

"不，"志朗父亲直率地说道，"真没想到，竟然挨了武藤先生一拳。"

"是啊，这个嘛……"我小声说道。

"这是饱含了调查官深情的一拳。我醒悟了。"说完，他微微一笑。这对他来说，恐怕是尽了最大努力才说出的好话。

很抱歉，这一拳里什么感情也没有，只是一拳而已——我好歹还知道，不能心里想到什么就说什么。

回去的路上，我忽而想起自己的工作，便对他说道："请您一定要帮助志朗。"我终于说了一句调查官分内的话。

"我是不行了。"他摆出一副悲伤的表情。

您可是他的家长！

当时，我连对他这样怒吼的力气都没了。

14

“武藤先生，你上次出事了吧？就在跟那个人一起喝酒的时候。”志朗说道。今天是第二次面谈，他隔着桌子探出身对着我。

“可你爸爸既不想去警察局也不愿上医院。”

“不是你打的他吗？”

“哎？你都听说了？”我脸上一阵发白。

“真是杰作！”志朗感叹般摇了摇头，调皮地说道，“堪称感人。”

这次面谈让我觉得很顺利。志朗不但诚实地回答了我的问题，态度也大为改变，甚至对我说了他在学校的不愉快遭遇以及一些同学的趣事。这些表现一点都不像策略或表演，也没有顾虑彼此立场的感觉。

志朗将上次的文库本还给我，说道：“贴了便条纸的地方，是我最喜欢的句子。”

我接过书，翻到露出粉红色便条纸那一页，自然地流露出一丝苦笑。他贴便条纸的地方，竟是阵内制作的那本《厕所语录编》。

均分财产！清算旧账！重整人生！

“这就是你最喜欢的？”我倒觉得有其他更好的句子。这读起来并不是格言，仅仅是一句怨言。

“我觉得这是说有钱人应该分些钱财给穷人。”志朗的口气很肯定。

我并非不知道写下这句话的人的心情。自打我们懂事起，这个世界上就已经有了贫富、美丑和境遇的差别。还没等我们记事，我们的人生就已经开始。我能理解这种想说句“请等一下”的心情：请等一下，让人生重新从一张白纸开始，让我重整人生！

“不知道为什么，这句话叮的一下就让我理解了。”

“叮的一下？”我配合着用起了年轻人用语。

“叮叮的。”看来，这个“叮”字可以自由增减。

“难道说，你是为了均分财产才去偷东西？”

“才不是。”志朗慌忙摆着手说道，“偷东西的事，我已经认识到错了。说实话，那是因为当时心里太烦了。”

“而且和女朋友分手了？”我笑着问道。

“呃，算是吧。”志朗挠挠鼻头，“还跟我爸闹得很僵。”

“可现在看上去处得很融洽了。”一想到那天志朗开朗的表情，还有那个在居酒屋反省的父亲，我就觉得他们父子的关系已经变得很好了。虽然我完全不知道其中的缘由，但看上去他们的关系确实忽然好转了。

志朗的嘴角微微蠕动了几下，并没有马上回话。

“你爸爸，上次看到他的时候，他说你是个好小子呢。虽然冷漠了点，可他也不算是坏人吧。”

“是啊，嗯，那个人确实是个好人。”

“忽然一切都变好了，不是吗？”

“是啊，你放心吧，武藤先生。”

之后，我们又聊了一会儿，面谈就这样结束。志朗已经认识到了自己偷窃的罪行，也表示了反省。即使是我这个身处失落中的不靠谱调查官，也敢如此断言。

我领着志朗走出面谈室。关上房门的时候，我半开玩笑地将阵内的推理说了出来：“说实话，我还以为你妈妈已经被杀了呢。”又补充道，“你们的表现太不自然了。”

志朗听了，捧着肚子笑了好一阵。“武藤先生，请别随便就把我妈杀了。”他咳了一声，“真是个过分的调查官。”

最终，我和志朗就此分别。

我在给法官的报告上写上了“不予审判”。综合考虑少年有反省的表现以及罪行较轻的情况，我给出了这一结论。

于是，盗窃案就这么告一段落。我对志朗这种类型的高中生比较有好感，甚至想，要是我们年龄相近，或许还能变成朋友。但一转念，又觉得我们恐怕不会有再见的机会了。

15

虽说如此，我还是再次见到了志朗。眼下阵内递给我的那张报纸上，刊载的正是志朗的照片。我还真不知道他被人绑架过。

“这就是上次和一身运动服的父亲一起来的家伙吧？”阵内对我说道。

照片上是一家人站在自家门口拍下的影像，或许是志朗刚刚被放出来的时候，见他脸色健康，我放下心来。

“等事情平静下来后，你去见他一面，说说话吧。”阵内晃着手指头说道。

不用他说，我也是这么打算的。

我和志朗见面，是两周以后的事情。打电话过去，接的人是他母亲。或许是绑架案的后遗症，我遭到了极大的怀疑，不过确定我真的是个调查官后，她允许我到她家拜访。也许是因为她没有听说上次那起盗窃案，总之听我说起家庭法院，她的反应似乎是第一次听说。

我被引进那栋豪宅，在客厅里一张非常舒适的沙发上小心翼翼地坐了下来。一个带有精美杯柄的茶杯随即递到我面前，就放在一张半透明材料制成的桌子上。

我向志朗母亲请求和志朗单独说话。她显出一副不情愿的表情，但片刻之后还是离开了房间。

“绑架犯还没被抓住吧？”我说道，“不好意思，一上来就说这么敏感的话题。”

“好像，还没有。”志朗喝了一口红茶，“你看过报纸了？”

“吓了我一跳。”我笑着说。

“你生气了？”

“我想一定是有原因的。”我简直就像在询问出轨的恋人，“真的吓了一跳。”

“当时我可没有恶意。”

于是我单刀直入地问道：“那个时候，跟你来面谈的那个穿运动服的人是谁？”

“果然被看穿了。”他的表情绷不住了，露出牙齿笑了起来。

报纸上的照片也把他的家人照了进去：母亲是一副因为儿子平安回来而落泪的表情；父亲虽表情严肃，但也露出了安心的神态。我看了照片，惊觉这个父亲和自己当初面谈时见到的那个简直判若两人。绝不是同一个人，体格和面相都不同。

“武藤先生，你不会乱说吧？”

我对志朗将要说出什么话来感到不安，却又不想就此罢休。“我可是牧师，”我说道，“我的口风堪比牧师。”

“那个人，并不是我爸。”志朗最终道出了真相。

“那是谁？”

“谁知道……”志朗欲言又止般说道，“啊，我可不是在装傻，是真的不知道。他是忽然到我家里来的。”

“忽然？”

“那个时候，我爸妈都在长期旅行。”

“你爸爸也是？”当时我听他说只有母亲。

“是的，家里就我一个人。当时就是这个状况，那天晚上，那个人忽然就进来了。”他说道，“倒也不是简简单单地进来，而是划开玻璃，然后开了窗户锁闯进来的。”

“小偷？”

“怎么说呢，他是逃到这里来的。那时候发生了一起案子，有一户人家里进了强盗，把一个帮佣劫走了。你知道吗？”

我一边回忆，一边点点头。我还记得阵内曾把那篇新闻报道传给我看过，就是那起当事保姆因说了一句“那个强盗简直像个野兽”而遭人贻笑的案子。

“难道说……”

“那个人好像就是凶手。”

“你不是在瞎扯？”我一时间用词也粗鲁起来。

“绝没有瞎扯。”志朗眼里放光，“是真的。我当时怕得要死，那个人也豁出去了似的，一开始吓死人了。不过，他还是先要我把他藏起来。与其说是请求，倒不如说是威胁。”

“可是，为什么那个人会来面谈？”

“那个人来这儿的日子，正是面谈的前一天。其实，我对我爸妈隐瞒了要去家庭法院的事。说老实话，我当时连面谈都不打算去。”

“但是你改变了计划。”

“因为，那个人当时拿着刀子，恐怖极了。他不相信我，所以不许我外出。估计是怕我报警吧。所以，我试探着说，明天我要被家庭法院传唤，要是不去面谈，就会被怀疑。”

“原来是这样。”

“我这么一说，那个人就说要跟着我，还说什么‘我要监视你，看你会不会在家庭法院说多余的话’。总之，那个人也豁出去了。”

“于是他就假扮成你爸爸，跟你来了？”

“那个人因为被警察追捕，所以拿了我家一副眼镜戴上，剃光胡须，又用我家的理发推子把头发推短，还换了身衣服。他身材比我爸大一号，哪件衣服都不合身。”志朗一边回忆，一边偷笑起来。

“所以你就让他换了身运动服？”

“除了那件，其他都穿不了嘛。对了，你还记得吗？警察根据那个保姆的证言制作了肖像画。”

“好像是。”

“那幅画一点都不像。那个保姆怕是因为太想出风头，把强盗的样子都搞混了。”

确实，我也记得画面上是一个神色仓皇的人。“所以面谈时你就什么也没说？”

“因为他当时威胁我，要是我说了多余的话，就要我好看。我当然要爱惜这条命了。我不知道话说到什么程度才好，那是我最紧张的时刻了。当时我想，回去之后我肯定要被他宰了。但听你说要是我不回答问题，下次就还要去面谈，我心想那就这样吧。”

“什么意思？”

“既然有下次面谈，那他就必须让我活到那个时候。要是去不了家庭法院，我就会被怀疑出事了。再说，你还说了句上门请我去。我心想，这样一来，那个人也不好对我轻举妄动了。”

我忘了回话，直盯着志朗的脸。“那个时候居然是这种状况？”

“在你不知情的情况下，这出戏已经展开了不少剧情。”志朗说道，“但那之后，情况变了。”

“你们当时老把这句挂在嘴上。”

“面谈那天，回到家里后，我跟他谈和了。”

“你，和那个强盗？”

“多亏了武藤先生给的那本书。”

“那本书？”

“那个人一开始还怀疑那本书里面藏着调查官的什么秘密信息呢，马上就看了起来。不过，等他发现怎么都不像那么回事后，就只觉得那本书有意思了。于是，我们不知不觉开始一起看，两个人爆笑不止。”

“你们就这样谈和了？”

“嗯，从那以后，我开始觉得他并不是坏人。跟他聊了许多后，我问他为什么要当强盗。”

“因为借了别人的钱？”我回想起那个人被两个痞子缠住的事情。

“他原本是个纯良的大叔，就因为四处借钱，到了走投无路的地步。他的人生怕是抽中了受穷的命运签，我不知怎么就同情起他来了。”

我追忆起那个穿着运动服的男子。说不定，他的人生正和他那件深蓝色运动服一样暗无光彩。他一定是因为样子长得不讨人喜欢，又手无缚鸡之力，才沦落成一个笨手笨脚的强盗。一想到他被这个高中生同情，我也不禁想同情他。

“武藤先生，你生气了吗？”

“没有，我也搞不清楚该说什么好。”我喝了一口红茶，笑道，“我还觉得有些爽快呢。”我并没有逞强。虽然我是被骗了，但这和遭人背叛的感觉不一样。如果说有什么不痛快的地方，那就是被阵内那句“他会来到这所家庭法院，由你接待”的预言歪打正着，还有就是在少年和强盗谈和这件事上起了作用的，竟然也是阵内的那本书。

“这个，给你了。”我将买下的文库本放在桌上，“这个作家和你爸爸同名。这本书挺有意思的。”

“啊，确实是我爸的名字。”

“这名字可是你亲爸爸的吧？”我向他确认，“要是觉得有意思，也可以看看他的其他作品。”

不知怎么，我觉得自己变成了一个教育家。不过时不时能换成这个角色也不错。最后，我问了一件绝对不会忘掉的重要事情：“赎金是多少？”

“一千万。”志朗答道，又压低声音说，“倒也不算多。”

“有了一千万，那个人就能把债还清了？”

“嗯。”

“你是为了他，炮制出一起你被绑架的案子，然后从你爸爸那里拿出钱吧？”

“什么嘛——”志朗呼出一口气，吹动了他额前的头发，“你都知道了？”

“我在来这儿的路上想到的。”

“半年前，那个人为了逃脱追捕，人间蒸发了。但我一直在想办法，琢磨怎么让那个人复活。”

“复活？”

“是的，复活。”

这是个让人感觉很好的词，有力量，充满希望，甚至包含着一种天真的感觉。“复活。”我又悄声说了一遍，想起了和志朗面谈的时候，想起了他那时从《厕所语录编》里选出的那句话，然后说：这是说有钱人应该分些钱财给穷人。

“你是想伪造一起绑架案，然后实现财产均分喽？”我不由得问道。

志朗开心地点了点头。“前几天，我偶然撞见了那个人。那时我在东京，见他当时正在翻垃圾桶。”志朗的语气中混杂了同情和嘲笑，“我跟他打了招呼。那个人一副要开溜的样子，不过聊了几句之后，他也变得很高兴。于是我就把我的主意告诉了他，就是和你的推理一样的主意。那个人一开始反对这么干。这可是真的，他很不愿这么做，但他还是被我说服了。我对他说，反正我家有钱，少一点也没关系。”

“那个人现在怎么样了？”

“不知道。他拿了钱就消失了。我连他的名字都没问。”志朗显得有些不好意思。这样若隐若现的神情只有少年才有。看来，志朗是个不折不扣的高中生。

临走的时候，我站在门口小声问：“你和你爸爸妈妈相处得好吗？”

“这个嘛，还算好吧。”志朗神情复杂，“虽然不是特别好。”

“这样啊。”我一面回话，一面条件反射般想起了阵内。我倒想知道，一直对父亲不屑一顾的阵内，究竟是怎么把这个心结解开的。

我致意后准备出去，这时志朗叫住了我。“对了，”他看着我说道，“那个人还说：‘要是我更年轻的时候干出坏事来就好了。’”

“什么乱七八糟的？”

“他说，要是他现在才十几岁，见到像武藤先生这样的调查官，应该会变成更有用的人。”志朗的脸上浮现出逗弄般的笑容。

我没能立即答话，咽了一口唾沫，只说了一句：“这不就本末倒置了嘛。”

16

这个故事还有一点点后话。那是又过了半年后的事情了。

早上八点，家庭法院里负责未成年人案件的调查官室一如往常，只有我和阵内两个人。此时，我已经有了一个比我年纪略小、娇小可爱的女朋友，我们打算周末去温泉旅馆。我翻着旅馆的小册子，独自在陶醉中发笑。阵内坐在桌前，身子前倾，读着报纸，又准备开始讲一些莫名其妙的杂谈。但他似乎想起了什么，翻开了桌上的文件。

“对了，武藤，看看这个吧。这是昨天收到的案件记录。”

“啊？”我满脑子想的还是旅馆的料理和温泉的效用。一眼扫过去，发现上面记录了一起未成年人案件。这有什么好看的——正准备这么问，我忽然愣住了。

上面有一张犯案少年的照片，那绝对是志朗。

“这不是你上次受理的那个家伙吗？他又偷东西了。哎呀，真是恭喜。”阵内兴高采烈，“上次他偷的是漫画，而托我们武藤调查官的福，他升级了，这次偷的是小说。”

我慌忙确认了一下案件记录和受损财物记录。

“啊！”他偷的是我推荐的那个作家的书，就是那个跟他父亲同名的作家。

你能喜欢他的作品确实很让人欣慰，我心想，但是自己买下来啊！我抬头看着天花板。

“非常遗憾！”阵内大大咧咧的声音响彻了整个房间。

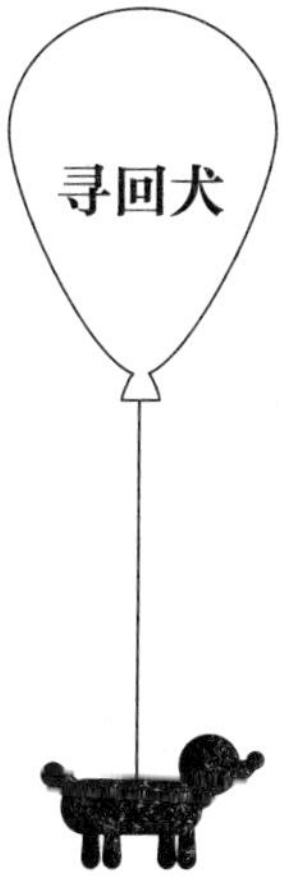
寻回犬

1

黄金时代从来不会指现在。

我一边看着正数落下属的主管，一边想起了这个说法。

这个“黄金时代”，说的应该是当时没感觉到，事后才感叹“那个时候真好”的时代吧。难道它存在于还未见到的未来吗？

“预算充足，人员也配备了。条件这么好，怎么还会出故障？”主管从刚才开始就一直这么吼着。

这是一个讨论如何应对昨天发生的银行系统故障的会议。银行合并后随即发生故障，报纸和电视已经炒得热火朝天。当然，这只是个名义上的对策讨论会，其实只不过是主管在歇斯底里地追究责任。他唾沫横飞，声音激昂。

虽说参与的干将不少，但开发时间太短，失败了也没办法——我和其他工程师虽然没把这句话说出口，但大家心里都憋着口气。

我厌倦了这样你来我往地推诿责任，恍惚中想起了我的学生时代。

那时，我是个根本不怎么上课、徒有其名的女大学生。至于将人类和动物区分开来的“劳动”，我也毫不热心，每天都无所事事。

2

最先浮现在我脑海中的，是发生在车站附近的那件事。

那时，我们正坐在车站前人行天桥的长椅上。我旁边坐着永濑，脚边趴着贝斯。贝斯的导盲鞍一旦被取下，它作为导盲犬的使命感和责任感就会消失得无影无踪，只留下拉布拉多寻回犬的天真气息。它一副自在的表情，将下巴搭在永濑的鞋上。

永濑和这只导盲犬生活在一起，跟我和永濑结识，这两件事几乎是同时发生的。但严谨地说，贝斯比我要早几周。或许正因为如此，它看上去总是将我当作经验不足的后辈。当永濑抚摩它的头时，它会睁开一只眼，向上朝我一瞥。它透露出的这种优越感绝不是我的被害妄想。它一身乌黑亮丽的毛显得很优雅。

仙台站西口的一层是交通环岛和巴士停车场，二层则是行人过街用的天桥。

我们所在的是离车站二层出口约二十米的地方，周围树丛林立，空间开阔，算得上是广场。从这里再往前走，是像蚁穴一样四向分岔的道路。

这里有好几张长椅，行人如织。每到七夕，这里会举办庆祝活动，而到了冬天，大学啦啦队会在这里给参加入学考试的考生助威。

我们现在正面对仙台站坐着。

“这么久了都没回来。”永濑担心地开了口。我们的朋友阵内说去买果汁，到现在还没回来。

“说不定在什么地方哭呢。”我这么说，但心里也没有底气。

“阵内可不是这个风格。”

“他应该不会很失落吧？”

“我觉得，”永濑生来就看不见，但有时却好似看得见周围的景色，左右转动脑袋，“人在经受打击之后，想要重整旗鼓，必定要依靠自己擅长的方面。”

“什么意思？”

“一个失落的田径选手一定会去跑步，一个失落的歌手则会去唱歌。大家都是这样从失落中站起来的。”

“那阵内呢？”

“要么弹吉他，要么就是喋喋不休地说胡话。”

这两者无疑都是阵内的强项。

“所以，他就滔滔不绝地讲了将近两个小时的话？”我看了看手表，真是无可奈何。

“都过了这么久了吗？”永濑的声音里也饱含惊讶。

“真亏他有那么多说不完的话题呢。”我叹了一口气。

“阵内果然是陷入失落了。他今天说的话比平时多多了。他是打算用这种方法恢复平时的自我吧。这是他的康复疗法。”

“可是，在站前长椅上陪着他的我们才是受害者。”

“别放在心上，反正我、优子和贝斯不都闲着嘛。”

“可那边的几个女孩子也被他教训了一通。”我用拇指向背后指了指，“她们也受了牵连。”

我说的是三十分钟前发生的事。当时我们的长椅旁站着几个女高中生，正摆弄着一台看似刚买到手的摄像机。“那家伙会来吗？”“会来，绝对会。”听到她们这样的对话，我心想，她们大概是在等待心仪的外校男生或者同龄的恋人，然后大家一起拍个视频。年轻真好——我对她们生出一阵羡慕。但阵内似乎并没有羡慕的感觉。“吵死了！你们不上学吗？知道这是什么地方吗？”他叱责道。

几个女生因这唐突而又毫无道理的指责感到生气，她们露出不快的神情，对阵内反驳道：“说什么呢，你这大叔！莫名其妙，装什么正经！哪儿有法律说不准在车站说话了？”

或许是被叫成大叔让二十二岁的阵内激动起来，他的声音更大了。“当然有了，笨蛋！不服就叫律师来吧！”

只是口头争辩，阵内当然没理由会输。最后，他带着寻衅意味的批判口气说道："你们这群不知天高地厚的女生，拿着这样的摄像机是要犯罪的。"女生们就此不说话了，她们仿佛要躲开一个精神错乱者一样，退到了稍远的地方。

"真是胡说八道。"我苦笑道，"就这样还打算当家庭法院的调查官？"

那个时候，即将大学毕业的阵内正为当家庭法院的调查官而做考试准备。

"听你的意思，调查官的工作就是跟那些犯了罪的孩子打交道吧？"

我的工作就是为失明的永濑提供各种各样的消息。不可否认，我也从中得到一点自负，只有这件事是贝斯办不到的。虽然身边的人都嘲笑我说："怎么跟只狗较起劲来了？"但他们的认识实在太天真。如果我的对手是人，我倒会更从容一些。

"但是我觉得阵内并不能拯救那些少男少女。"

"不，我觉得他会表现得意外出色。他一定很适合家庭法院的工作。"永濑预言似的说道，"他今天只是有些烦躁罢了。"

"因为他正在进行康复治疗？"

"这是失恋的康复治疗啊。"

几个小时前，阵内刚刚失恋。车站里有一家出租录像带的小店，阵内向店里一个头发烫成大波浪卷的女店员提出交往的请求，结果被无情地拒绝了，拒绝得可谓直白明了。我们当时也在现场，或者说是被半强制地拉到了现场，是阵内约的我们。

“我马上就要去告白了，你们一起来吧！”他说得简直跟一个运动员约朋友看自己的比赛一样。

因为事出突然，我和永濑都没能马上回答他。

于是阵内自顾自说了下去：“不，应该说是参观。反正你们俩也还从没告白过，不是吗？既然这样，你们理所应当跟我去。这种机会可是很难得的。”

我甚至怀疑他滔滔不绝的一串话是个我听不懂的玩笑。如果不是，那或许是因为他这阵子连弹吉他的时间都分给了考试复习，压力太大以致精神错乱了。

“你向谁告白？”过了好一阵子，永濑才问了这么一句。

“录像带出租店的店员。”

“你们认识？”

“这个嘛，还是认识的，我每周都去那儿租一次录像带。”

“你们说过话吗？”我也有些不安起来。

“那还用说！”阵内表情认真，做出 OK 的手势，“她问我：‘什么时候还？’我就回答说：‘明天。’要是她问：‘租一周怎么样？’我就回答：‘那就麻烦你了。’我们之间一唱一和，对话流水一般顺畅。”

我们都大吃一惊，找不出任何话来回答。我目不转睛地盯着阵内，发现他真的是认真的。

“我觉得，这样的对话算不上是对话吧？”永濑为了避免伤害到朋友，委婉地说道。

“没事，没问题的。”

“你可真自信啊。”

“那当然，这是绝对会成功的单相思。”

“我们的大学教授说了，这个世界上，没有什么事可以用‘绝对’二字断言。”我先尝试着用权威人士的话来说服他。

“要是没什么事可以用‘绝对’来断言，那活着岂不是没有意义了。”

“是啊。”永濑和我都被他的气势压倒了。

“我都说了，”阵内用力点点头，断言道，“这事绝对会成功！”

我和永濑为这种没有根由的断定而惊讶，但更多的是感动，以致我们没有拒绝或反抗，也没有提出半点疑问，更没有劝他死心，直接跟着他来到了出租店前。

“你约我们，还不如约鸭居呢。”永濑半路上说道。

确实，如果邀约也要论资排辈，鸭居应当排在前头。

“那小子约不出来。”我们似乎说到了阵内不愿提到的话题，他快速答道。

“为什么？”我故意问道。恐怕他已经被鸭居拒绝了。

“他说了句没兴趣，就把电话挂了。真是个过分的家伙。”阵内撇着嘴说道，“我又打过去，结果他竟然说‘已经拒绝过一次的事情，再发邀请是违法的’，好像我是个没公德的推销员似的。”

所以，轮到我们的时候，他没有打电话，而是直接来到了家里。

我们站在出租店对面的人行道上窥视店里的情形。套着导盲鞍的贝斯老老实实地坐在永濑旁边，低着头，一副漠不关心的样子。

“我们这样的行为，应该被称作瞎起哄吧？”阵内过去告白，消失在店内的时候，永濑说道。

“瞎起哄的人可是自己主动去凑热闹的，像我们这样被生拉硬拽的可不算。”

我右手拿着一次性相机，这是阵内给我的，为的是给纪念性的时刻留下影像。他在这事上倒是出奇细心。

“你看得见阵内的告白对象吗？”

“只看得到大概的情况。”这里和对面的小店隔着一条车道，店外又装了一层玻璃，并不能看得一清二楚。

“是个什么样的女孩？”

“感觉挺可爱的。皮肤白皙，身高嘛，差不多到你肩头。短发很适合她，还烫成了大波浪。”

“大概阵内喜欢娇小可爱的女孩吧。”

“现在来租录像带的顾客都走了，阵内总算要开口了。”我转播着实况。

接下来，我非常不情愿地拿出照相机。阵内隔着柜台和女店员面对面，我为这个场面拍了一张照。因为离得远，我不知道有没有拍好。

接下来的那段时间，直到阵内走出来，我们都只是呆呆地站在那里。百无聊赖中，我们说起了前几天刚看的电影。

永濑非常喜欢看电影，平时一般是在家里看录像带，有时也会带着贝斯去电影院。虽然他看不到画面，但还是能欣赏台词和音响。“我的爸妈或许是要给我这个眼睛看不见的儿子一种武器吧，在我小时候，他们就异常热心地教我外语。”永濑曾经自嘲般说过，“现在，英语只有在给贝斯下命令和看电影的时候才用得上。”

总之，根据电影的类型不同，有些时候，他对故事内容的把握程度甚至远超过我。他说起了刚看过的悬疑电影，向我确认了各处细节，然后认真地说：“向绑匪交赎金的那个场面中，警察布下埋伏时表现出了很好的紧迫感。”他接着笑道，“包围现场并耐心等待，从这个意义上来说，我们现在的处境也一样。”

“阵内进展得顺不顺利呢？”

“那女孩的表情从这里看得不是很清楚。”

“感到紧张的反倒是我。”

大约五分钟之后，阵内从自动门走出，横穿过狭窄的车道，朝我们走来。永濑似乎马上就察觉到了他的脚步声，戳了戳站在一旁的我，问道：“阵内现在是什么表情？”

“他正歪着脑袋。”

“看来进展不顺利呀。”

阵内铩羽而归。他并没有显出悲伤的神情，只是一副无法接受的样子。

“真奇怪，究竟是哪里不对呢？”他似乎觉得不可思议，“让你们白期望一场，真是扫兴到家了。”他又说了句政治家落选时会说的话。

“一定是因为太唐突了，”永濑安慰道，“就是这样。”

毫无根据地坚信一定会成功的阵内，此刻的表情就跟青春期的男孩一样，反复地说着：“真奇怪，真奇怪。这不可能。”

我们忍住笑意。

阵内转过头，看着那家出租店。我正忖度他想干什么，只见他双手放在嘴边，喊道：“这破店，等我把你砸了！”

在天桥的长椅上等了一阵后，阵内终于回来了，还为我们买了果汁。他一边向我和永濑说明是什么果汁，一边递给我们。

“你究竟去哪儿买果汁了？”永濑问道。

阵内连句回答也没有，只用亢奋的声音说了句：“可不得了了！”

“什么东西不得了了？”永濑对着阵内的脸。他凭声音判断出了阵内的方位。

“卡波特的小说里有那么一段。”阵内兴奋起来。

“你说的卡波特，是那个叫杜鲁门的？”我问道。

“是的，杜鲁门·卡波特。他的小说里有一段是这么写的：在世上一切事物中，最让人伤感的，莫过于世界的运转从不考虑个人的意志。如果谁和恋人分开了，这个世界本该为他而凝滞不动。”

“啊，这种心情我也能明白。”永濑点头道。

“现实中发生了哦。”

“嗯？”我和永濑同时发出疑问，“什么事情发生了？”

“为了失恋的我，现在这个地方的时间停住了。”

“喂，阵内——”永濑担心地说道。

阵内像要说服我们似的，抢先用抬高的语调说道：“这附近的世界绝对停止运转了！”

我们不明白他的意思。就在我们目瞪口呆时，脚下的贝斯抬起头打了个哈欠，仿佛在说：傻瓜。

3

“怎……怎么回事？”我感到不安。难道失恋会让人神志不清吗？虽然说些没来由的胡话是阵内的特长，但我觉得此时已经超过了他的限度。

“我是说，世界停住了。”

“时间可没停止。”永濑脸上浮现出一丝困惑的笑容，“刚才我问过优子了，我们在这儿好像都过了两个小时了。”

“是啊。”

“所以时间并没有停止。”

“听我说，这是我在买果汁回来的路上发觉的。”

“发觉了不得了的事？”

“很不得了啊。就像永濑刚才说的，你们在这个地方确实坐了两个小时。可一般来说，谁会没事在这样的长椅上坐两个小时呢？”

“是啊，没有人会。”永濑忍不住笑了出来，“是我们太不正常了。”

“没错吧？”阵内摆出一副胜利的表情，“在这个没有屋顶、没有咖啡、没有音乐、只有风吹日晒的长椅上，普通人不会待上两个小时。”

“我很高兴，你终于发觉了。我们只是因为要听你发牢骚，平时才不会这样做。应该说，是不可能这样做。”

“可是，这不光是我们哦。”

“不光是我们？”我皱起眉。

阵内仿佛演戏似的，竖起手指，直盯着我们说道：“这周围一圈，自从我们来这里起，人就没有换过。”

“噢。”我除了发出一声茫然的感慨，说不出其他话了。我不明白他的意思。

“听我说，附近的这些人，在我们坐到这长椅上之前就已经来了。就是说，这两个多小时，他们一直都在这里。”

我环顾周围。

“首先，看看那边的长椅。”阵内用下巴朝二十米开外的地方示意，又对永濑说明了一下位置关系，“那边坐着一对男女，两个人大概都三十五岁。”

“是对夫妻吧。”我也看清了那对男女的身影。

“如果仔细看，男的戴着结婚戒指，女的却没有戴。”

我闻言吃了一惊。“你连这个都看见了？”

“一开始从他们身边经过的时候，我正好看见了。很稀奇吧？只有女的一人不戴结婚戒指，这种情况可不多见。”

“没这回事。”我反驳道，“女人要是也工作，戒指可能会碍事。或者是因为变胖了，戴着手指发紧，这些情况也是有的。”

“不管了，总之，那两个人可一直坐在那里。我们来的时候已经坐在那里，两个小时后还是坐在那里。”

“一对关系亲密的夫妻在街边的长椅上优哉游哉地坐了两个小时，难道不让人觉得很美好吗？”永濑说道。

“他们看上去关系可不太好。”阵内断言道。

我若无其事地朝那边看了一眼。说起来，那两个人确实都脸色难看。“他们或许在说分手呢。”

“啊，原来是这样。”永濑的嘴角露出笑意，“要是两个人相互指责对方的缺点，两个小时还是很容易就过去的。”

“这先不管。”阵内的视线转向下一处，“接下来是右边的长椅。那里坐着一个满脸不高兴的老头，抱着一个皮包，我觉得他是个马上要见客户的公司老板。”

那里坐着一个板着脸的男子。

“如果他是个发誓为祖国复仇的密探，可不会是那副表情。”

“那个大叔也在那里坐了两个小时？”

“没错。他好像带着什么不满，一直怒目圆睁，所以我才注意到他。”

“他一直这样瞪眼吗？”

“他那眼神，仿佛是对周围人看不顺眼。”

“嗯，看不顺眼。”我说道。

“然后，你再看看刚才那对男女的前面。有个男的靠在站前台阶的扶手上，二十岁左右，正用随身听听音乐。”

一个穿薄毛衣的男子正戴着一副大号耳机站在那里。耳机大得出奇，仿佛无论音量调得多高，也绝对不会有半点声音外泄。

“一直在那里？”

“一直在。”阵内自信满满地说。

“两个多小时？”永濑问道。

“不得了吧？”

永濑歪头思考片刻，说道：“他是不是在听很喜欢的曲子呢？”

“很奇怪啊。”阵内笑道，“普通 CD 也没有长达两个小时的。”

“说怪确实很怪，可这也不是什么值得大呼小叫的事。”

“我也这么觉得。”我说道。反复听同一张 CD 也是有可能的。

“还有一个人呢。那才是决定性的人物。”阵内指着坐在绿化带花坛尽头的女人说道，“她一直在看文库本。”

从外表看去，那是个能干的公司职员，戴着眼镜，腰杆笔直。“她大概在等男朋友吧。”

“等了两个小时？”阵内皱起眉头，“她是得有多想不开啊。”

“那个女人也一直在那儿吗？”

“刚才我说的人全都在这周围待了两个小时以上。”阵内将他提到的人分别安上了苦脸男女、皮包男、耳机男和看书女等称呼，

“这些人连地方都没有挪过。而且我刚才回到这儿的时候，从那个看书女旁边经过，发现了一件事。”

“什么事？”我心想，他准是又要说一些让人混乱的话了。

“她根本就没怎么看进去。”

“没看进去书？”

“我只是扫了一眼，就发现她才看了最开始的几页。你明白了吗？”

“我不明白。”我不满地摇摇头。

“无论看书多么仔细的人，就算采用了一种无限玩味字里行间意思的阅读方法，也不可能两个小时才看几页吧？”阵内清清嗓子说道。

“可能她刚刚开始看呢。”

“我们来的时候，她就打开书了。”

“你连这个都观察到了吗？”

“因为我对世界上所有的事情都有兴趣。”这是阵内做的比喻还是真心话，我并不清楚。

“唔……”我皱起眉，开始思考。无论看书的速度多慢，两个小时里才读几页，想来确实少见。可也不能说全无可能。

“奇怪吧？”

“这可能……”永濑慢慢地说道，“这可能只是因为她翻回了最开始的几页。我在读盲文的时候，有时也会这样，忘了前面说的什么，又翻回去。”

“嗯，这种可能性很大。”我表示赞同。

“不，不是这样。”阵内依然十分顽固。

“不是吗？”我被他的气势压住了。

“是这附近的世界停止运转了。在这里的人都是老面孔，谁也没有离开。不管是皮包男还是苦脸男女都没有动。看的书没有翻页，随身听里的曲子也没有结束。为什么呢？因为世界停住了。可这又是为什么呢？”

“老师！我听不懂。”我已经茫然了。

“是因为你失恋了？”永濑试探性地问。

“正是如此，永濑。”

“我从没像今天这样希望自己能看见。”永濑一副为难的表情，“我真想看看阵内你是用什么样的表情说出这些话来的。”

4

回忆到这里，我只感觉阵内简直就是个不懂常识的怪人。当然，他也有另外一面。

我想起了一个让我印象深刻的场面。那时我和阵内刚认识不久。当时，我们约好在地铁站前的巴士站见面。永濑已经到了。只见永濑牵着贝斯，避开人群站着。我正打算走向永濑，只见一个矮小的妇人比我先一步，正朝永濑走去。妇人将嘴凑到戴墨镜的永濑耳边说了几句，接着将一样东西交到永濑手上，就走开了。

“刚才那个阿姨怎么了？”我很好奇，一到永濑身边就马上问他。可以预想，一定是发生了什么。

永濑微微一笑，将妇人交给他的一张五千日元钞票亮给我看。果然如我所料。

“又是这样？”

“是啊，又是这样。”

一些陌生人总会带着一副同情弱者的表情走到永濑面前，然后对他说一句“什么也别问，这个拿去用吧”，再交给他一笔钱。这样的事情，在我们认识以后发生了好几次。

“无论我走到哪里，好像都在募捐。”

永濑已经习惯了。从小就看不见的他，一定经历了不少这样的事情。正如他苦笑着说过的那样，他“在这种事情上已经是个老手”了。

“他们都是善意的，要是还发牢骚，那就不对了。”

“我知道。”话是这么说，我却总是很难过。我不知道究竟是该愤慨还是该悲伤，抑或是该感谢。到手的这些钱究竟该返还原主还是该扔掉，抑或是该自己拿着用？那个给钱的妇女当然不是恶人，她看到一个牵着导盲犬的青年走在街上，一定觉得想要为他做些什么。这比起那些在公交车上目不转睛地看着永濑、在大庭广众之下对此咂舌的老头，或是那些踩了贝斯尾巴却不知道歉的女白领来说，已经好得多，或者说是十分难得了。可我还是不能对此完全释然。所以，每当永濑受到过剩的同情时，我总会感到一阵忧郁。

但那一天，情况有些不同。

因为阵内也在场。

刚刚赶到的阵内正好听见了我们对话的只言片语。他噘着嘴说道：“喂，永濑，你手上拿的五千日元是怎么回事？”

“一个不知什么地方的阿姨给我的。”

“别开玩笑了。”阵内的声音抬高了一度。

“没关系，她没有恶意。”永濑一副包庇那个妇人的口气。他一定觉得阵内是对那个“心怀善意的妇人”感到愤怒。

阵内却接了一句：“真不好！”他继续道，“为什么就只给你一个人？”

“嗯？”我一开始还以为他在开玩笑。

“什么意思？”永濑也一时语塞。

“为什么你得到了钱，我却没得到？”

“可能因为我牵着导盲犬吧，我眼睛看不见。”

“啊？”阵内显出一副哑然的表情，仿佛从心底感到惊讶，“这个，和收到钱不相干吧？”

“啊？”我都糊涂了。

“都说了不相干。你太狡猾了！”阵内喊道。

阵内那时说的那句“不相干”，令人心里十分舒畅，我至今仍然记得。永濑的脸上也绽开了笑容。

“喂，你笑什么呢。你拿到了钱，倒是得意起来了。”

“我可没有。”

“我就是想不通。为什么只有你能得到五千块钱。这不是很奇怪吗？”

“可能是吧。”

“为什么只对你特殊照顾啊！”阵内这么说完，向四周扫了一圈，“那个阿姨到哪儿去了？”他拼命地搜寻着。

他那副认真的样子真让人忍俊不禁，我只好咬着嘴唇忍住笑意。

片刻之后，阵内大概放弃了寻找妇人的努力，视线又转到永濑手中的钞票上。“真不错。你可真走运啊。”他带着怨气说道。

“是啊，可能是我走运了。”

后来，永濑曾认真地说：“当时的阵内，真的很平常呢。”我也表示同意。他能表现得那么“平常”，已经是不平常了。阵内说出那句“不相干”时，覆盖在我周围又暗又黑的烦恼一瞬间灰飞烟灭。

“不知道怎么说才好，但阵内可真了不起啊。”

“或许阵内已经飞越了世间的一切烦恼吧。”

“而且我觉得他是未经任何人的许可，擅自就飞越过去了。”

也不知道与这件事有没有关系，永濑一直很期待阵内成为家庭法院的调查官。“像阵内那样的人，一定会把孩子们从歧途上拯救出来。”

但是，说实话，对阵内能否胜任工作，我还是心存疑问。“可是，上次他不是在打工的时候把人给打了吗？”

一年前曾经发生过那种事。

“那真让人吃惊。”永濑话锋一转，“不过，我相信那件事背后一定有什么原因。”

“忽然打人也有原因吗？”

“是的，”永濑微笑道，“我相信是这样的。”

我却不相信。

5

“世界停止运转了，”阵内还在继续说，“所以，就连那边的鸽子也是老面孔，都是同样的几只鸽子。”他指着巴士停车场的指引牌附近说道。

五六只野鸽子正聚在那里，都是一身温润的陶瓷色。

“你怎么可能知道现在那里的鸽子就是几小时之前的那几只？”

“我就是知道。”阵内断言道。

永濑歪起脑袋。“优子，鸽子这东西，各自都长着不同的脸吗？”

“每只之间会有细微的不同，但在我看来，基本上都长一个样，我找不出区别。”

“完全不同啊。”阵内认真地说道，“你看的是哪里啊？这对鸽子可不礼貌。谁也不喜欢让人把自己跟别人混为一谈吧？没有谁会乐意听人说他和别人很像的。”

我耸了耸肩，要是来一场歪理大战，阵内一定无敌。

“不过，鸽子也有可能在同一个地方待上两个小时。”还是永濑一语中的。

“就是就是。”

“得了！”阵内皱起眉头，改变了话题，“鸽子什么的就不管了。”

“鸽子怎样都行吗？”我揶揄道。

阵内全没理会。“反正，这些人的面孔没变是事实，这个错不了，所以世界停止运转了。”

“为了你？”

“是啊，就是为了我呢。”他从心底为这种特殊待遇感到欢喜。

“可是，这都是有原因的吧？”永濑一脸无奈地开口道。

“什么原因？”

“可能，这个世界确实是因为阵内失恋才停止运转的。”

“不是什么可能。这是一定的。”

“嗯，但我还能想到其他原因。”永濑似乎在教育一个顽固不化的学生。

“比如说什么？”我抢先催问道。

“那个看上去没怎么看书的女人，说不定已经看到第二本了。一开始阵内看她的时候，她看的是另外一本书，而现在又换了一本。所以，虽然过去了两个小时，但她现在看的仍然是最开始的几页。”

“这有可能。如果那本书有上下两册，她或许刚刚正开始看下册呢。阵内也没有一直观察她嘛。”

这看上去才是比较现实的推测。“怎么样？”我夸张地逼问道。

阵内先是一副不高兴的表情，但很快转过身子，放话道：“那好，我这就去问她。”

“啊？”我发出一声惊呼，阵内已经迈开腿，大步走开了。

“阵内要去哪儿？”永濑抬起头，一副侧耳倾听的样子。

“去那个看书女那儿。”

“莫非是去问她世界停止运转了吗？”

“有可能，真让人提心吊胆。”

眼前已经看得到阵内朝看书女搭话了。“那个女人一副惊讶的表情呢。”

“不会出事吧？”

这件事的用时没有我们想的那么长。不知是不是心理作用，阵内回来时的脚步十分轻快。“你们看嘛，”他说道，“她并没有带其他书。”

“你是怎么问她的？”

“我说我正在书店工会打工，请她帮忙做一个问卷调查。”

“真有这么个书店工会吗？”

“什么行业都有工会。就算是以消灭工会为目标的团体，它里面也会有工会。我说我正在调查大家随身会携带多少本书。她回答我说，她手头只带一本书，而且还告诉我，她到这儿之后一直都在看。这才是关键部分。刚才我看她的时候，她连十页都没看完。那又不是很难懂的书，只是一本常见的爱情小说，书页上的空白比字还多。就是说，虽然她打算拼命往后看，但几乎没什么进展。”

我再次朝那个看书女看过去。“那个人正朝我们这边看过来呢。说不定她起疑心了，因为阵内怎么看都不像是搞问卷调查的人。”他连一支笔、一张纸都没拿，只是走过去问了个问题而已，这算不上问卷调查。

“随她怎么起疑心。”阵内完全没把这个放在心上，“总之，重要的是，你们的推测完全不符合事实。”说完，他又一脸高兴地摇头晃脑。

“是啊，正如阵内刚才说的。”永濑点点头，“看不进书确实很奇怪。”

“你怎么被他说服了？”我有种被盟友背叛的感觉。

“听着，那对满脸不快的男女、那个听随身听的小伙子、那个拿着皮包一脸衰相的男人，还有那个看书速度异常慢的女人，他们都在这个地方停止运动了。除了古怪，再没有词能形容这个场面。”

“还有鸽子呢。”永濑笑道。

“是啊，连鸽子都没飞走。”

“有那么古怪吗？”他的话稍稍燃起了我的抵抗心理。

“如果这都不算古怪，那全世界的字典里都应该把‘古怪’这个词抹掉。”

“那我就给你一一解释下吧。”我换成挑衅般的口气，“首先，那对男女，就像我刚才说的那样，一定是在谈分手的事情。说不定他们可能还不是夫妻。阵内刚才说过，只有那个男的戴了戒指，所以他们是不正当关系。对吧？不正当关系一定会导致分手。如果他们是在谈分手，那两个小时不也就一下子过去了？所以，这绝不是什么古怪的事情。嗯，然后是那个皮包男。他准是上午在公司里被拍了肩膀。”

“被拍了肩膀？”永濑问道。

“上司对他说：‘辛苦啦，从明天开始你不必来上班了。’也就是说，他被炒鱿鱼了。”我在永濑的右肩上拍了两下，“那就等于公司告诉他，他没什么用。所以，他陷入了失落沮丧，但又不能回家，在家人面前伤心落泪，就只好坐在那里一筹莫展。怎么样？既然走投无路，那时间多长也无所谓了。”

“哦？”阵内双臂环抱，饶有兴趣地说道。

“我只是随便说说。”

“不，这很有可能。”不知为何，阵内居然对我的说法表示了赞同。听到他打了这么一番包票，我也不可思议地更加自信。

“阵内，你可真喜欢干这种事啊，拿自己的主观推断去解释世界上发生的事情。你倒是挺高兴的嘛。”

“这么说来，”阵内总结自己的想法般点了好几下头，“剩下的两个人可能相互认识吧。”

“剩下的两个人？”

“耳机男和看书女。那两个人基本上处在对称的位置上，而且年龄看上去也很相近，一定是约好在这儿见面的。”

“既然约好见面，为什么要离那么远，为什么还不赶紧打招呼呢？”

“他们是第一次见面嘛。可能是通过电话俱乐部相识，却还没见过面的恋人。不管是写信、打电话，还是上网认识的，反正他们今天是第一次见面，地点就在车站前。不过，他们可能在见面的地点上产生了误解，所以没能碰上面。”

“阵内真是什么都看得穿。”

“不，说不定，他们是故意离开约见的地点一段距离，以便相互观察对方。他们只是想在见面之前先看看对方长得怎么样、是个什么人而已。对了，这样一来，看书的事也明白了。她只是装成看书的样子，因为等待对方而忐忑不安，所以书也没怎么看进去。这绝对没错。”

真让人发笑。刚刚那句“绝对会成功”的单相思宣言都失败了，阵内却一点不吸取教训。换句话来说，他这也是勇者无畏。

“你是说，两个人就这样相互牵制着过了两个小时？”

“先不管看书，在等人见面的时候，谁会戴着耳机听音乐呢？那样即使被叫名字也听不见嘛。”

“那是伪装。”

无论阵内讲得如何有理，我就是无法相信他的推理。我再次环视四周，还是不见他们有移动的动向。但我也不觉得这是什么异常的事情。亏得阵内能想到这是“世界停止运转了”，我不由得对他有些尊敬。

6

“就是这么回事。”阵内劲头十足地说道，“永濑，你到那个老头跟前确认一下吧。”

“哎？”

永濑无论何时都是一副泰然自若的样子。一眼看去，故作镇静、惊慌失措和矫情的感动都与他无缘。所以，当听了阵内的话，他吃惊地说出一声“哎”时，我看着他那副平时极少呈现出的表情，感觉自己大有收获。

“我们挨个去调查一遍吧。”阵内拍手说道，“首先，从那个皮包男开始，先解决那个老头为什么要在那里坐好几个小时，为什么要坐在那里的问题。”

先不说解决不解决，问题本身明明都没有产生。可阵内却来了劲。“我们把他坐在那儿的原因弄个一清二楚吧。”

“或许就没什么原因。”我认真起来。

“有没有原因，确认一下就知道。”

“就算有，也不外乎我刚才说的那些被公司解雇或者遭遇失败之类的原因。”

“所以嘛，就得确认一下。”阵内的口气显得很严肃。

“要我去那个老头那里？”

“是的。你就坐在那张长椅上，跟他搭话。”

“这事阵内做不是挺好嘛。”对眼睛失明的永濑来说，没有必要特地让他去干这种事。

“为什么啊？”阵内一副摸不着头脑的样子，“大家一起参与才有趣嘛。”

“我该问他什么问题呢？”

“你这样说就行。你问他：‘这么久了，您都一直坐在这张椅子上，一定是因为公司不要您了吧？’”

这岂不是太直接了？

“如果真是那样，他就会嗷嗷大哭，抱住永濑，还会说句‘为什么你会知道’之类的话。”

“虽然我眼睛看不见，不是很明白这个世界上的事情，可是普通人要是听了这话，难道不会发怒吗？”永濑虽然感到困惑，但还是说得很委婉。

“我都说了，没问题的。”阵内说道，“绝对没问题！”

“阵内嘴里每说一次‘绝对’，这个词就要掉价一次。”

“我以前说过什么吗？”

“没有。总之，我走一趟，去弄清他在干什么就行了吧？”

永濑站起身，拿起放在身旁的导盲鞍，喊了一声“贝斯”。他摸清贝斯的位置，在它胸前绕上带子，开始给它套导盲鞍。刚刚还一脸悠闲地探出下巴的贝斯，一穿上导盲鞍，马上就露出一副带着使命感的表情。它的黑毛看上去也增添了几分光泽，显得很有活力。它站好姿势，一动不动。

“你当真要去吗？”我不假思索地问道，“你没必要去掺和这种毫无意义的胡闹啊。”

永濑闻言，朝我这边看过来。一直以来，他的动作仿佛就跟能看见四周一样，显得很自然。他鼻梁端正，脸颊瘦削，看上去魅力十足。虽然说不上英俊，但脸部轮廓和五官位置都很端正，给人一种正直、理智的感觉。我正对他的脸看得出神，他对我说道：“可是，这样才有意思嘛。”

我吓了一跳，一时间说不出话来，深呼吸后才终于答了一句：“也是啊。”是吗？我明白了，永濑正是想要参与这“毫无意义的胡闹”。至于因为眼睛看不见就该受到特别待遇，只是我个人的想法。

永濑发出“sit”的命令，贝斯立即坐了下来。它显出一只导盲犬应有的自豪感，用俯视般的眼神看着我，看上去信心十足，似乎正要说：你也快点成为他能够依赖的人吧。

永濑站着，正对着目标所在的长椅。所幸的是，从这里到车站入口都有盲道，永濑应该不需要费多少工夫，径直就能走到。阵内开始说明路线。他说得十分仔细，每个细节都一清二楚：从这里到长椅有多长的距离，行人通行的状况，男子落座的位置，甚至还有地上垃圾的位置。“如果原路返回这里，可能会让人觉得可疑，我们就在车站入口等你吧。”阵内安排好了步骤。

“那我就去了。”永濑的这句话并不单纯指从一个地点转到另一个地点，还包含着为了获得珍贵物品而出发的豪迈气概。

永濑的脚步一如既往地流畅。他踏在盲道砖上，技巧娴熟地让贝斯引路，朝那个中年男子走去。他的一系列动作做得很连贯，或许在周围人看来，这只不过是个文静的青年带着一只黑色拉布拉多寻回犬走路而已。

我和阵内并肩站着，远观他的样子。

贝斯在长椅前停了下来。导盲犬能根据主人发出的指令，找到公交车或者电车里的空位子。永濑大概给了贝斯类似的指令。片刻之后，永濑便在长椅的一头坐下。我们则在离他二十米左右的地方观察事情的进展。

“Retrieve[①] 大概就是‘取回来’之类的意思吧？”阵内优哉游哉地谈起英语的话题。

“Retriever 直译就是取回东西的人、收回东西的人。”我回答道。

“我想到一个用 retriever 赚钱的法子呢。”阵内一脸认真地说道。

---

①拉布拉多寻回犬的英文名为 labrador retriever，故有关于 retrieve 的讨论。

“什么法子？”

“那边有个男的正拿着包走路，我让狗把他的包夺过来。毕竟‘取回来’是 retriever 的特性嘛。这样我就可以拿到他包里的钱了。这想法不错吧？一个包只拿一些钱，反复这样做，就是一笔可观的数目了。”

“你是认真的？”我连苦笑的精神都没了。

“这难道不是个好主意？”

“阵内，你懂法律吗？”没有比这更明显的抢劫行为了。我立刻回忆起鸭居曾说过“阵内有一次把银行的钱偷偷揣进了自己怀里”之类让人堪忧的话。本以为那是个夸张的比喻，现在看来，说不定还是真事。

“你在对谁说懂不懂法律呢？我现在可是在为考家庭法院的调查官而复习，看的都是这么厚一摞的刑法、民法习题集。”

“那我拜托你一件事。”

“什么事？”

“你一定要做一个优秀的调查官。”我打心底里这么拜托他，“拜托你了。”

我们看准时机，转移到车站入口处，在那里等着永濑和贝斯回来。几分钟后，永濑轻巧地牵着贝斯，让它走在前面，出现在我们的视野里。他和贝斯呼吸协调，节奏很合拍。贝斯走到我们面前，无精打采地停下，听到“sit”的命令便原地坐下。

"怎么样？"阵内毫不掩饰好奇心。

永濑的反应竟有些暧昧。他说了一声"嗯"，若有所思地歪着头，搜寻合适的表达方式，显得吞吞吐吐。

"那个皮包男说了什么？"

"我一坐下，他就问'是你吗'。"

"啊？"阵内的声音着实表达了他的惊讶。

我也觉得意想不到。

"他问'是你吗'，这是怎么回事啊？那个老头跟你认识吗？"

"到底是怎么回事呢？我对他的声音可没有记忆，可能是在什么地方见过他吧。总之，我先做了自我介绍，又说明了贝斯的事，然后就打算问问他的情况。"

"然后呢？"

"他好像很警惕。我只觉得他的话音很紧张，人也有些神经质。"

"你凭他话音的温度判断出来的？"我问道。

"凭话音的温度？嗯，是的。"

"那个被公司解雇的老头不知道自己该信任谁了吧？"

"也不是这样的感觉。他说他正在工作。"

"要是坐在椅子上就算是工作，那我也算是个热爱工作的人了。"

永濑听到这里，似乎陷入了思考。

"等等！"这时，阵内忽然冒出一句，仿佛要制止我们似的，

“动起来了。”

“什么？”

“停止运转的世界，终于又动起来了。”

又是一句谜一样的话。

我满心疑惑，但还是看向旁边，只见那个戴着耳机的男子正向我们走来。

7

耳机男眼神凶恶，或许是单眼皮的缘故，表情也显得很冷淡。他走到我们近前，方向一转，与我们擦肩而过，从另一个入口走进了车站。

我目送着耳机男的背影，说道："真是出乎意料，看来那个耳机男并不是在等人。"

"戴耳机的男子走掉了吗？"永濑向我们询问情况。

"刚才，他先向我们这边走来，然后朝另一个地方，对了，是朝两点钟方向走掉了。"

阵内闭口不言，生着闷气，忽然一转身，快步走了起来。

"你去哪儿？"我立即问他。

"怎么了？"永濑也担心地说道。

"阵内去追那个耳机男了。"

一旦打定主意，谁都不通知一声就马上行动，这可算是阵内的一大特征。我真想让他告诉我，这究竟是在怎样的成长环境中养成的习惯。我们也赶紧追了上去。我让永濑抓住我的左肘，给他引路。车站内虽然人来人往，但还没有到让牵着贝斯的永濑寸步难行的程度。

“你究竟在这儿干什么？”阵内的声音传来。他正咄咄逼人地和耳机男对峙。

我们赶到的时候，两人已经剑拔弩张。刚刚见面的人在短时间内就能将局面弄得如此险恶，简直令人折服。男子已经摘下耳机，脸上浮现出困惑和愤怒。“你要干什么？”他回话道。冷不防被人拦住，又被粗暴地搭话，不管是谁都会感到不快。

阵内还是老样子，对别人心情的感受能力很迟钝。他神态自若地继续说：“你刚才不是一直戴着耳机站在那里吗？站了两个多小时了。你究竟在干什么？”

“跟你没关系吧？”

这确实和阵内没有关系。我在一旁听着两个人的对话，不知为何，心里总想站在耳机男一边。不久前，鸭居曾对我说过：“我看着阵内和银行职员对话，怎么都觉得银行职员在理，不由得就想站在银行职员那边。”现在我终于明白他的心情了。

“有关系啊，关系大着呢。要是搞不清刚才站在那里的是个什么人，我心里就放不下。”

男子的表情好像是在给阵内估价，或许是要决定该理会阵内，还是该把他当成无礼的拦路推销者视而不见。

“我倒要问你，你在这儿干吗呢？”男子诘问阵内。

两人一开口说话，都随即兴奋起来。

我和永濑张着嘴愣在一旁，除了旁观别无他法。

“唉，算了，算了。”阵内中途嫌麻烦似的丢出一句，“你这听随身听的人是谁，跟我又没什么关系。”

你终于意识到了吗——我听到这里，都想把手伸出去跟他握手了。

这时，耳机男却抓住阵内的手肘说道：“你站住，你才可疑。”

“我哪里可疑了？”

“你不也一直在那个地方吗？”看来对方也察觉到我们在同一个地方坐了两个多小时。

“我们是闲着没事。”阵内摆出一副了不起的样子，“我们可是出了名的闲得没处去的年轻人，所以才整天到处徘徊。”令人不解的是，他对此一脸得意。

“你刚才不是号称在书店工会打工吗？看来是骗人了。”

阵内一时愣住了，眉间聚起几丝皱纹。

“什么？”我也同样感到不解。

“喂，”阵内上前一步，“你为什么会知道我在书店工会打工？”准确地说，他根本不是打工的。

男子一时语塞，能明显看到他的脸色唰地变了。一种愧疚感浮现在他眼中，嘴角也似乎因后悔自己的失态而扭曲了。“刚才你自己说过吧？”他勉强说道。

“我只是对那边的看书女说过。现在我可什么都没说。”

“你刚才说的话，我听见了。”男子口气粗暴起来。

“你听见了？”我也按捺不住插话道，“可是你离得那么远，还戴着耳机。”

“在那种情况下，你是不可能听见的。”阵内断言道。

我糊涂了。用耳机把耳朵罩起来的这个男子是怎么听见阵内和那个女人的对话的？我首先想到的，是这男子或许在跟踪看书女。说不定他心理变态，装出听随身听的样子，实际上却在观察看书女。如果是这样……我继续思考，然后想到的是——

“窃听？”我说了出来。

耳机男会不会是出于想知道那个看书女的信息，而在她的随身物品或者什么东西上安装了窃听器？表面上假装在听音乐，实际上却在偷听，所以他也能听见阵内说的话。是这样吗？也不是没可能。

假如他真要纠缠那个女人，那么不管是两个小时还是三个小时，就算待在同一个地方，对他来说也算不上苦差事。那些一心想纠缠特定女性的心理变态者，应该具有坚定的执着心和忍耐力。

看着正在争吵的阵内和耳机男，我开始对自己的推理抱有信心。这个男子心理变态，一定是这样。但正当我准备将推理告诉永濑时，永濑却在我开口之前说道：“优子，我们再去一趟刚才的地方吧。”

“你是指哪里？”

“就是有长椅的地方。”

“啊？回去吗？为什么？”

“我知道怎么回事了。”

“可我也知道了。”我指的是这个变态的事。

“既然如此，那就赶紧出去吧。”

“啊？为什么要出去？”他说的不应该是这个变态的事吗？

“因为案子不是在这里发生的。”

“案子？你说发生案子了？什么意思？”我凑到永濑耳边小声问道，“那阵内呢？”侧目一看，阵内还在和耳机男对峙。

“别管他，我们出去就行了。”

虽然不明白永濑的意思，我还是和他一起走出车站。回头一看，阵内正被那男子揪住衣领，剑拔弩张的气氛弥漫开来，一场斗殴似乎即将开始。我把情况告诉了永濑，他却一脸平静。

“真要放下他不管吗？”

“嗯，阵内不会出问题的。”

永濑看到了我没看到的东西。

如果是阵内，他一定会说：“你太狡猾了！”

8

我们又一次来到人行天桥上，但这次是永濑在前面带路，我在后面跟着。永濑对贝斯发出准确的指令，沿着人行天桥一步步前进。他脚步稳健，透出勇敢和干脆。他的方向感和听音辨位能力卓越，我不知道这是他通过训练而掌握的还是生来就有的本能。

“我们去哪儿？”

“刚才那张长椅，我们从那里开始找。”

“找什么？”

“说话声。”

“说话声？谁的？”

我们回到刚才一直坐着的长椅前，并排坐下。贝斯趴在一旁，它的表情仿佛在说：你们这样匆忙地来来回回是在干什么？

“这里的人都没有变吗？”永濑问道。

我急忙向四下一看，那对满面愁容的谈话男女，那个看书的女人，那个穿西装的皮包男，他们都还是原来的样子，还在同样的地点。“那些人真的一直都在这儿呢。真够闲的。”

“他们之中有人在看着我们吗？”

我不知道他打算说什么，但还是听从他的话抬起头，立刻就和那个看书女对上了眼，这让我吓了一跳。我移开目光，说道：“那个正在看书的女人正看着这边呢。”

“或许再过一会儿，那对男女也会看过来。”

正如永濑所说，虽然不知他们是夫妻还是关系不正常的一对，但可以看到他们正将视线移向我们。

“看过来了，看过来了。为什么？”

“我们被怀疑了。”

“什么意思？”

“他们在警惕我们。”

“阵内行为古怪，被怀疑也是没办法的事，可为什么我们也要被怀疑？”

“因为他们觉得我们是阵内的同伙。”

“饶了我吧。”我心灰意冷，叹了口气，“如果这里所有人都在警惕我们，难道不奇怪吗？大家都像串通好了一样，一起怀疑我们。”

这时，我脑中忽然闪过一个念头，而我刚刚说的那句“串通好了”则是这个念头的导火索。我们正被一大群人盯着，这样的场景我感觉曾在哪里见过。

永濑没有要回答我的意思。他将脸微微仰起，露出眺望天空的表情。每当他集中注意力侧耳倾听物体和人的声音时，就会有这样的表情。

“感觉就像站在河里。”

永濑竖起耳朵听声音时，常常会把这个比喻挂在嘴边。我并不清楚那是怎样一种感觉，不管我们在一起多久，他的生命中总有我无法理解的景色。就算试着去想象，我也无法得到真实体验。他有他的世界，我有我的世界，贝斯有贝斯的世界，各自都在膨胀。一想到这里，我就格外孤独。身处河中的感觉，或许我永远也体会不到，而这种焦虑感却一直陪伴着我。

片刻之后，事情有了新的进展：新的人物登场了。我们正对面的那张长椅，即刚才永濑去搭讪过的皮包男那边，一个年轻人正朝那里走过去。他穿着不怎么考究的夹克，脚上套着靴子，像个没有名气的摇滚歌手。

“优子，你带照相机了吗？”听了我的说明后，永濑问道。

不等问他原因，我已经将一次性相机从包里拿出。就是那部拍过阵内告白的相机。我还不明白状况，但仍然做出很能理解他的样子，问道：“是要拍下那个穿靴子的男人吧？”

“不对，不是拍他。”

“不是拍他？”

“不能马上转过头，会被发现的。”

“被谁发现？”

“我身后，五点钟方向，我觉得那里有女高中生。我刚才听见她的声音了，可能在那个方位。”

“女、高、中、生。”我确认般说了一遍，然后想起来了，“你说的是大概一个小时前和阵内打过交道的那些女生？”

永濑点头道：“如果站在那里的是她们，那就帮我把她们拍下来吧。”

“你喜欢女高中生？”我知道事实绝非如此，但一种忌妒感已经油然而生。

几乎同时，周围骚动起来。树丛那边，摇滚歌手的声音传来。一场争吵开始了，争吵的另一方是看书女。她不知何时已经站了起来，正和穿靴子的摇滚歌手面对面。到底发生了什么，我完全摸不着头脑。但我注意到那个年轻人手里拿着一个包，正是一直坐在长椅上的男子怀里的包。

“哎，这是怎么回事？”我一边讲解骚动的情况一边问道。

永濑还是那副表情。“照片。”他只说了这么一句，“你能帮我把那些女高中生拍下来吗？”

我在意的虽然是眼前正在争执的两个人，却只得听他的话，转身按下快门。

9

“我们被卷进移交赎金的现场了。”

这是永濑给我的答案。

我们现在正坐在咖啡厅的桌子旁。坐在我对面的是永濑，旁边是阵内。贝斯则在我们脚下，连瞌睡声都不敢发出，安静地趴着。

“什么赎金，又不是绑架案。”阵内唾沫横飞，落到装水的杯子里。我摆好架势，若是落进我的蛋糕盘，我决饶不了他。

“是啊，我想也不是绑架案。但如果是恐吓案件，受害的一方也要支付一笔钱吧？”

“那就不能叫赎金了。不过，确实有通过恐吓来要钱的可能。”

用照相机拍完女高中生之后，我们又回到车站里，按照永濑的指示来到派出所，而阵内已经在里面了。他坐在折叠椅上，正对穿制服的警察演说。

永濑稳重地向警察解释阵内和犯罪案件无关。刚开始还满脸狐疑的警察接到报告，得知人行天桥上逮捕了一个有犯罪嫌疑的男子后，态度也缓和下来。恐怕这些身体强壮的警察对吵吵闹闹的阵内也束手无策。他们就像退换一件有质量问题的二手物品似的，将阵内交给了我们。

“为什么你一说，那个警察就相信了？我费了那么多口舌，他都没有放我。”

“你嘛，越是说话，越是让人觉得可疑。”

“你是在咒我吗？”

就这样，我们走进一家咖啡厅，打算听听永濑的解说。满以为推理小说般的长篇讲解即将开始，永濑讲得却分外简短。

“坐在长椅上的男人，也就是皮包男，他是交钱给凶手的，所以显得战战兢兢。”

“为了交钱？”

“上次看的那部电影里，不是有受害者遭凶手威胁，被要求把钱带到指定地点的场景吗？我们坐着的那张长椅附近，就是移交现金的地方。这种情况下，当然会有警察出现。”

“我同意。”我小声说道。警察是有可能在那里布下监控的。

“当时待在那个地方的，大半都是跟警方有关系的人。”永濑语气平淡地继续道，“不管是那对看上去不像夫妻的男女，还是那个看书的女人，都是警察。他们假装成普通人，监视着那张长椅上的动静。因为凶手迟迟不来，他们没有办法，只能一直待在那里，不能回去。”

我一面听，一面想起永濑坐到那张长椅上时，皮包男首先问的那句“是你吗”。或许他把永濑当成了来取钱的凶手。

“那个戴耳机的人呢？”

“啊，那家伙是个警察。”阵内也说出了事实。

看来，耳机男觉得在现场晃荡的阵内和永濑可疑，才在背后跟踪他们，却忽然被阵内找上了碴儿，所以把阵内带进了派出所。

“按警察的做法，那样布控时都会戴上耳机吧？”永濑努力回想了一下，然后说道。他脑中一定安了一个庞大的信息索引，各种信息都被完整地保存着。“上次看的电影就是这样的。警察之间不是用耳机相互联络的吗？刚才监视现场的警察也一样，他们都戴了耳机。所以，阵内对那个女人自称是书店工会的人，也被那个听随身听的男子听见了。”

“那头戴式耳机是耳塞式耳机的替代品？”

“那也是一种伪装。他在用头戴式耳机听其他人传来的信息。”

“那真的是恐吓案件的现金移交现场吗？”阵内依然半信半疑，头来回摇晃。

“如果是这样，那最后那个拿了包的摇滚歌手就是凶手？”

那个男子从坐在长椅上的男人怀里抢走了包，转身要走，就在那时被女警抓住了。

“可是，警察怎么会这么兴师动众？难道不该更慎重些吗？如果报警的事泄露，那就有可能发生被绑架的孩子不被放回之类的事情了。”

“所以我才觉得不是绑架案，或许是恐吓公司之类的。因为无关人的性命，所以警察也能大胆行动，不是吗？”

“若是这样，刚才那个年轻人真是个笨蛋。先让警察等上好几个小时，才优哉游哉地走过来，好像一开始就打算让警察抓住似的。”我回想着被女警按住的那个穿靴子的年轻人，皱起眉头，只觉得他那副狼狈相和他那身摇滚歌手行头带来的滑稽感简直无法相容。

“他并不是真正的凶手。”永濑又用波澜不惊的口气说道。

“是……是吗？”我觉得自己被遗忘在了孤岛上。

“怎么回事？”看来，阵内也被撇在孤岛上了。

“按照我的想法，罪犯的目的可能并不是钱。在那样一个行人如织的地方，让送钱的人等上几个小时才到现场去拿钱，一定是件难事吧。”

“或许是吧。”

“所以凶手应该没有真想要钱的意思。有一类人专等骚动发生，好在一旁看热闹。”

“你说的是愉快犯吧？”

“愉快犯？”

我向永濑解释了这个词的意思。

“是的，说不定就是愉快犯。那些人可能心里有什么怨恨，把一个公司高层叫出来，让他白等几个小时，并将那个场面拍下来。”

“拍下来？”

“就是刚才我们身后那几个女高中生啊。她们拿着摄像机守在那里吧？因为她们太吵闹，连我都听见了。”

我搜寻着记忆，很快就想起来了。她们说过什么“那家伙会来吗”“会来，绝对会”之类的话，然后阵内便对她们一阵斥责。

“她们是凶手？”

“或许她们就是想戏弄大人一番，找找乐子。”

“把那种窘境拍下来？”我对这一点搞不太懂。

“没错。”永濑说完，将眼前的奶油蛋糕放进嘴里，慢慢地嚼了嚼，“她们的照片，你拍了吗？”

“嗯，拍了。”

“把照片交给警察吧。她们一直在那里摆弄摄像机。正是因为那样，我才觉得奇怪。这或许能引起警察的注意。”

我拿起桌上的照相机，含糊地应了一句。事情究竟变成了什么样子，我的脑中还无法整理出头绪。

“怎么样，你们明白我的讲解了吗？”

“总觉得，”阵内面无表情地回答道，“总之，”他竖起食指，“总之，这个世界到头来对我失恋的事还是漠不关心吧？”

“或许就是这样。”

“是吗？”阵内的肩膀耷拉下来。

永濑笑了。“可是，我们还在你身边嘛。”

“你这可不算多大的安慰，永濑。”阵内一脸麻木地摇了摇头。

那天之后，还没过一周的时间，事情便水落石出。我们带去的照片起了一些作用，虽然没有得到警察的表扬，但也没有被他们冷眼相待。当接待我们的警察听说永濑曾经卷入一起银行抢劫案并成为受害者时，说出了他的同情之语："你可真不容易啊。"

"活下去是很不容易。"永濑答道。坐在一旁的我听来，这句话既是他带着坚韧毅力的生活告白，也是他混杂着轻松幽默的回答。

后来我们得知，那几个女高中生威胁了当地一个有名的企业老板。

她们组织了一个卖淫团伙。那是一个由朋友组织的具有社团活动性质的卖淫团伙。她们从不把卖淫当回事，身上反倒散发出校园运动社团一样的爽朗气息，还将卖淫说成是"社团活动"。

"只是因为令人作呕的客人越来越多，我们才打算复仇。"那个所谓的社团"社长"是这么说的。她们得知某个"令人作呕的客人"是一家公司的老板，便打算敲诈他一笔钱。"如果你不想让自己跟女高中生上床的事情被揭发，就老老实实地按我们说的去做。"她们给出了一句中规中矩的恐吓。

不过，不知道是这位老板翻脸豁出去了，还是打算将这群女高中生也一起拉下水，总之他报了警。因此，移交现金的现场中便有了警察盯梢。

"那种男人明明就是笨蛋，却还自以为聪明，其实我们早就知道他可能会报警了。”那几个女高中生似乎也考虑到了这一点，所以她们并非真的打算拿那笔钱。按她们的计划，只要吓吓他就行了。

于是，她们又威胁了另一个男人，命令他到现场去取那笔钱。换句话说，那个摇滚乐手也是她们那些“令人作呕的客人”之一。

“‘取回来’明明是 retriever 的任务……”听警察说了上述情况，阵内仿佛带着什么不满似的噘起嘴，“那个老头，我当时真该揍他一顿。”他小声说道，语气严肃，与往常截然不同。

“那个老头？”

“我啊，最讨厌那些表面上正人君子、暗地里却花钱向女高中生买春的大人了。”

“你什么时候变得这么有道德感了？”我笑道。

“才不是这么回事。”他脸上浮现出一丝困惑的神色，“我只是讨厌他们平时那副道貌岸然的样子。要是谦虚点，知道羞耻，我倒是能原谅。”

“那样你就能原谅了？”我不由得笑了。

“那些自以为高人一等的家伙，到头来净干些寻花问柳和外遇出轨的老套行为，最不可饶恕了。”

“你是本能地讨厌他们吗？”

“我身边就有那种家伙。”

“你的熟人？”

“是我的直系亲属。”

“那不就是你爸爸吗？”我反射般说道。听说阵内的父母早已离婚，他时常说起他的母亲，但他父亲的事情，我还是头一次听他说起。

“不过，我跟他已经做过了断了。”阵内说道。这话听来多少像在勉强自己，但也透着极大的满足感。

“做过……了断了？”

“不过，我现在见了那些伪君子，还是会觉得不爽。”

再追问下去怕他为难，这个话题便到此为止。

几天之后，我们得知的唯一情况是，那些女高中生将事情全程用摄像机拍了下来。

“我们本来打算做个纪录片的。一个笨蛋老头，花钱和女高中生上床后受到威胁，在车站前傻瓜似的坐着，然后被警察逮捕。够傻吧？一个被女高中生玩弄的成年人，这剧情很搞笑吧？我们还打算秘密地搞一个放映会呢。”

真是一个既周密又幼稚、让人不知该做何评价的计划。但这或许也算是她们用自己的方式在对抗成年人的世界。

“我们只是浑然不知周围发生了这样的事，碰巧在现场罢了。”永濑事后说道。

“就是因为阵内说了那句‘世界停止运转了’，事情才变得复杂了。”我抱怨道。

“不过，阵内可是做出了预言。”

“预言？”

“他和那几个女高中生斗嘴的时候，不是这么嚷嚷了一句吗？说什么‘你们这群不知天高地厚的女生，是要犯罪的’。这句话在某种意义上说，确实预言了事情的真相。”

“你这是结果论。”

“从结果论来看，正是因为阵内做的大半都对了，所以才令人吃惊。”

我只是心不在焉地回应了一句。

那时的阵内早就从失恋的打击中恢复过来，看上去还想出了什么计划。再去那家出租店的时候，他不再把录像带倒回到最开头，而是直接还回去。他就是在忙着进行这种毫无创意的复仇活动。

10

现在，我的思绪又飘回公司的会议室。主管依然在数落部下的失败。赔偿损失、免费服务、加班、假日出勤……要挟职员的词一个个蹦了出来，但其实他自己才是最害怕这些字眼的。

忽然，主管指向我。“开这么重要的会，你还开什么小差！”他骂道。看样子，我发呆的样子在别人看来非常明显。我回答说自己正在想黄金时代的事，随即被回以冷眼。

我心想，回家之后我要和永濑说说那天的事，顺便给阵内打个电话。

自然，那天晚上，我听见了很久都没听到的阵内的唠叨。电话打到一半，阵内忽然“啊”地喊了一声。“说起来，我那时候借的一盘录像带还没还呢。这下超期罚金会有多少啊！”电话那头会传来这样一句嚷嚷，我实在没有想到。

孩子们II

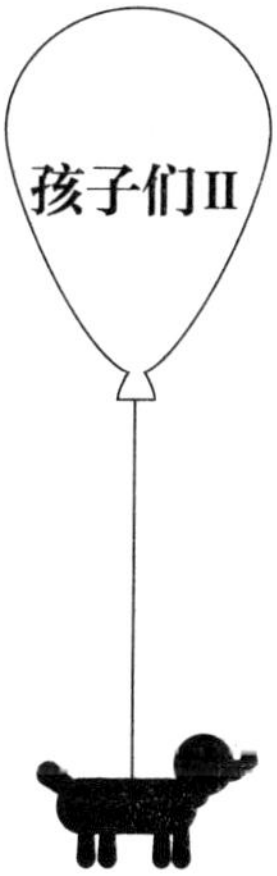

1

“去喝几杯吧！”阵内邀请道。

“去喝什么？”

我如此一发问，引得阵内有些不高兴。“非得跟你讲得一清二楚不可吗？”但随后又补充了一句，“小麦发酵的酒，五百毫升一扎，一扎够倒五杯。”

此时我刚刚下班，正准备往家走，刚出法院就撞见了阵内。

一个月前，因为人事变动，我被调到处理家庭案件的部门。当初负责未成年人案件的时候，我和阵内并排办公，不知是因为我和他年龄比较接近，还是因为我看起来不太靠得住，每当遇到什么事的时候，阵内都会插一手。不对，准确地说，他总把我拉进他的闲聊，乱管我的私事，让我的工作陷入混乱。可是一旦见不到他，我又觉得寂寞。所以，他一邀请我说：“武藤，去喝几杯吧。

有家店挺不错，走吧。”我便不自觉地答了句：“行啊。”

天天居酒屋，座席和柜台加起来空间非常大，平日晚上七点就会热闹起来。车站前繁华小街的街角处有一栋餐饮大楼，这家居酒屋就在地下一层。店内杂糅着烟雾、水汽和醉酒客人的喧闹声。或许因为价格实惠，里面既有学生，又有公司职员。我和阵内找到最里面的桌子，面对面盘腿坐下。

“这家店，你经常来吗？”我问道。

“不，倒也不是。”他含糊地答道。

一开始，阵内说了些他担任吉他手的那支乐队的事。我今年二十九岁，阵内应该是三十二岁。这个老大不小的男人双眼熠熠生辉地谈着朋克乐队的事情，实在够新鲜。“这次我们找了个很会唱歌的小子，简直棒极了！武藤，下次你一定要来看。”说得简直像不去听就是我的损失似的。虽然我一直对阵内的乐队有些兴趣，可也没热心到主动去看演出的地步。

不久，话题就转移到了工作上。

“家庭案件部门很辛苦吧？”阵内说了句慰劳我的话，这很不符合他的性格。

“算不上辛苦，但净是些争执不休的人找上门来。”

“我嘛，对付未成年人案件倒还能提起点干劲，家庭案件可就不行了。”

“管它起不起劲，我只是为这份薪水工作。”

“可是，如果是未成年人案件，警察局和检察厅不是会送少年犯过来吗？”

“是啊。”

“这样一来，就说明少年犯并不是自己愿意来家庭法院的。这会让我稍微产生些想帮他们的念头。”

“稍微，是吗？”我苦笑道。

“相比之下，家庭案件可是当事者本人主动申诉的。”

“嗯，是啊。”

家庭案件是指为调解在夫妻离婚、领养子女、遗产分配等方面发生的问题，由当事人提请审理的案件。

“这样只会让我觉得他们是故意把自己的问题送到这里来解决。我会对他们说：‘随你们便。’”

“我可不这么想。”

“绝对是这样！每个调查官都一样。”

阵内无论什么都喜欢自作主张。无论什么时候，只要咬定了一件事情，就会判断说：“绝对是这样！”

我曾经听说过这么一件事。阵内和被送到家庭法院的少年犯见面时，不知是谈到了什么，阵内曾说：“是乌鸦就是黑的，不可能有白色的乌鸦。”这几乎就是断定说“绝对没有”。

然而，虽然十分罕见，但这个世上就是有白色的乌鸦，我也听说过，那个少年也找到了。少年性格很倔，他拿了本彩色图鉴过来，如获至宝似的质问阵内：“你看，这是怎么回事？这不就是只白色的乌鸦吗？别自作聪明地下判断。这就是我讨厌你们这些大人的原因。”

那时，阵内也没有表现任何退缩的样子。他满不在乎地说了这么一句：“这不是白色，而是浅黑色。”

总之，阵内对什么东西都喜欢擅自断定，即使错了，也不会承认。

“说实话，要是我，才不管那些互不相让的夫妻要怎么样呢。”阵内堂而皇之地说着家庭法院调查官不该说的话，“不，说真心话，不管是未成年人案件还是家庭案件，挽回不了的事，怎么做都无济于事。所以，差不多应付一下就行了。”

我目瞪口呆：你这么一说，岂不是什么希望都没有了？

2

我想起了去年夏天的事情。那时我还归属未成年人案件部门。有一次，我和部门的同事一起去喝酒，被邻桌的几个中年男子纠缠。那几个看上去像是在公司做管理的男子知道我们是家庭法院调查官时，随即开始了他们的演讲。“《少年法》太不像话了！”他们怒气冲冲地说道，“都是你们放纵惯了。”

看来他们是受了昨天晚上那个电视节目的影响。那是一个叫《少年犯罪》的特别节目，当时恰好女朋友来宿舍找我，我是和她一起看的。节目的结论是“《少年法》太过宽松”，而在我看来，节目的有些地方也确实让我觉得“太过分了”。尤其是节目里说的十五年前那起杀害新婚夫妇的案件。

罪犯的头目是个十八岁的少年，带领他那些十几岁的手下，总共六人，将一对购物回家途中的新婚夫妇拉进一辆车，带到一个陌生的地方。整个过程骇人听闻，充满了暴力。最终他们将这对苦苦哀求的夫妇一点点折磨致死，埋在山中。那个是罪犯头目的少年被处以无期徒刑，而其他少年现在则已服完十几年的刑期，回归社会。其中一人在遮挡住真实面容的前提下接受了节目的采访。

“你现在仍然对两个被害人怀着歉疚吗？”记者问他。

当时的那个少年，如今已经是两个孩子的父亲。他用阴沉的声音答道：“现在我没空歉疚。我应付自己的生活就已经够受的了，跳过这个话题吧。你们到底想干什么？”他的语气充满愤慨。

“对问出那句‘你们到底想干什么’的他，才要问到底想干什么吧。”坐在身旁的女朋友对着电视机画面骂道。或许，全日本正在看这个节目的人，看到这里都会不约而同地说出这句话。虽然我凭经验知道，在没有了解具体情境和原因的情况下不能完全相信少年犯的说辞，但那个时候，我却无法对她说什么。

中年男子们继续向我们发难。

“有些小鬼不是进了好几次少年院吗？无可救药的小鬼就是无可救药！”

“说什么让少年犯洗心革面，这又不是拍电视剧！”

“看你们这张脸，就知道容易受那些滑头小鬼的骗！”

不知是酒精发作还是心中的不满和不安使然，他们一个接一个向我们大吼。

老实说，我们当时虽然窝火，但也不是不能理解他们想要表达的意思，所以没有反驳。未成年人案件并不是一门学问，就算拿来讨论，也得不出答案。

这个时候，我们之中只有一个人开口了，就是此前一直显得对此毫无兴趣、闷头吃东西的阵内。“我可不知道昨天电视里放了些什么，”他嫌麻烦地摆出前提，“不过世上的少年并不只有一种。”

“你算老几！”一个中年男子嚷道。他的声音颇有魄力。“反正，犯了罪的家伙怎么也不会改邪归正！”他吼道。

“吵死了。”阵内不耐烦地掏了掏耳朵，“请问，你知道一个电影评论家一年要看多少部电影吗？”

“干吗忽然说这个？”男子露出扫兴的神色，但还是歪头思考片刻，说道，“怎么说也有几百部吧。”

“如果有个只在电视上看过几部欧美电影的老头，对评论家开口就说电影这东西不过如此，你会怎么想？不觉得这太过愚蠢吗？你们现在就跟那老头一样。我们可是接触过好几百个少年的人，明白吗？你们却在专家面前班门弄斧。这应该是件很丢人的事，不对吗？”

这伙人霎时间现出了颓势，但仍然不愿乖乖住口。“不可救药的家伙就是不可救药。让他们洗心革面，简直就是奇迹！”一个人反复说道。

“就是这个！”阵内忽然用食指指着那个男子说道，“没错，就是这个！”

“什么？”

“这就是我们的工作。”

“那又怎么样？”

“我们就是要创造奇迹！”

四周安静下来。

“说《少年法》和《家事审判法》的目标是什么培养身心健全的少年、营造和谐的家庭生活，那都是骗人的，随它上面怎么写。我们的目标，就是创造奇迹。仅此而已。”阵内斜眼扫过一脸困惑的我们，声音更大了，“不可救药的少年就是不可救药，你们不是这么说的吗？还说他们绝对不会洗心革面。你们断定说，就算地球停止运转、温室效应奇迹般停止、癌症的特效药被发明出来、史蒂文·西格尔败给反面角色，犯罪少年也绝不会悔过。”

“我什么时候说到这份儿上了！”中年男子暴怒着说道。我也觉得他没有说到那种程度，只是阵内听不进去。

“我们会做给你们看的。”阵内脸上浮现出一种满足感，笑着说，“我们会让你们看见奇迹。对了，在你们的工作里，能发生奇迹吗？”接着，阵内皱紧眉头，向他们凑过去。虽然这是个意味不明、荒唐透顶的主张，但阵内的话却有一种压倒对方的气势。他最后说道：“归根结底，如果大人洁身自好，孩子怎么会学坏！”

之后，这帮公司职员仍你一句我一句地重复着那些大道理，但我们已经能心平气和地应对了。

我时不时地想起当时阵内的那句话，觉得他真有底气。每当我遭少年背叛，或者没能得到想要的结果时，我也能安慰自己说："毕竟奇迹是很少见的。"

3

这样一个阵内，却在我面前说出“无可救药的事就是无可救药”这种态度随便的话，真是奇怪。“之前你不是说过家庭法院的调查官就是要创造奇迹吗？”谨慎起见，我向他确认道。

“奇迹？那玩意儿不可能发生。意思一下，调查调查，写个报告就行了。一个个全部认真起来，那就看不到头了。武藤，这一点你也清楚吧？”

阵内对自己说出的话不负责任，这已经是家常便饭。我并没特别觉得形象幻灭或大吃一惊。是、是，你说得对——我心里嘀咕道。

“你来了？”一旁传来一个声音，我应声抬起头。只见一个手拿空扎啤杯的青年正站在我右边。他穿着一件印着“天天”的围裙，能看出他是个店员，应该是来这里打零工的。

“碰巧罢了。”阵内不耐烦地说道。

“你们认识？”我来回看着这个稚气未脱的青年和阵内。

“他是个十八岁的年长少年。”阵内指着打工的青年说道。

“哦……”我点头道。

用法律术语来说，十四、十五岁的是年少少年，十六、十七岁的叫中间少年，十八、十九岁的为年长少年。阵内这么说，就表明这曾经是个家庭法院审理过的少年。只见他的围裙上挂着姓名牌一样的东西，上面手写着“丸川明”几个纤细的字。

“我该叫你明？”我问道。

“请多关照。”青年露出一副冷淡的表情。像这种隐藏内心想法、把不满堆在脸上的表情，在家庭法院经常见到。

“你和你爸好好相处了吗？”阵内问道。

“上周我不是去家庭法院跟你谈过了吗？不是说了吗？你用不着到这儿来，到了规定的日子，我自己会去家庭法院。”

“少废话！别自作多情。我只是恰好到这家店来了而已。”阵内发火了，“我只是为了给这个没出息的晚辈鼓劲，才来这儿喝酒的。”

没出息的晚辈，说的就是我了。

“听着，我只是拿它当闲聊的一个环节才问你的。我再给你一次机会，给我老实回答。”阵内用了一种莫名其妙的威胁方法，“你、和、你、爸、好、好、相、处、了、吗？”他强劲有力地说道。

明咂了咂舌，但没有发作，或许是意识到和客人吵嘴对打工店员来说不是好事，也或许是已经领教过阵内的胡搅蛮缠，他用自暴自弃的口气甩出一句："摊上那种没出息的老爸，谁知道呢。"

这小伙子身材颀长，茶色的头发和身材很配，外表看上去不坏，肩膀很宽，并不给人瘦弱的印象。怎么能说你爸是"没出息的老爸"呢——要是我，就会这么教育他一番。然而阵内的反应却大相径庭。"是吗？没出息的老爸还是那么没出息……"他一脸喜色。

"不管上班还是在家，只会点头哈腰，真是个可怜的没用老爸。"明说道。

"可是，"我不禁插了句嘴，"你爸爸也一定有优秀的一面吧？"

"怎么可能有。"抢先否定的是阵内，这让我目瞪口呆。他瞪了我一眼，说道："没出息的老爸不可能有优点，是吧？"

"嗯，是这样。"明表示同意。

"你妈也是老样子吗？"

"还是老样子，净在外面过夜。拜她所赐，老爸灰心丧气，最近每天都很晚才回家，大概是在外头喝闷酒吧。有时候嗓子都哑了。问他去干什么了，他就回答说跟朋友有点事。他哪儿有什么朋友！"说完，明又丢下一句"我现在可以继续工作了吧"后，便走开了。

"你是来见他的吗？"我问阵内。

"只是凑巧罢了。"

"他是高中生？"

“去年，他和外校的学生打架，被退学了。”

“打架的原因是什么？”

“一个很无聊的原因，不过很常见。就是因为被隔壁学校的人看不起，按他的说法，被欺负到这份儿上，简直不配做男人。”

“不配做男人？”

我心想，十几岁男孩的行动原因，大半就是这个，例如“下不了台面”“不想让人觉得是废物”，等等。很久以前，只有一个少年在被问到打架的原因时，回答是为了“实现和平”，这个回答算是很可贵了。

“他之前一直在一家快餐店打零工，但三个月前又和人打架，被炒鱿鱼了。”

“是跟打工店员还是跟顾客？”

“顾客。”

我皱起眉头，问道：“也是因为不配做男人吗？”

“当时来的顾客是一对情侣，像是大学生。看菜单的时候，两人开始吵架。后来那个男生低三下四地向女生赔罪，明当即看不惯了。”

“啊？”

“然后，他不假思索地抛出一句‘是个男人，就应当更强硬一点’，都忘了自己只是个店员。”

“年纪还比顾客小。”

“是啊。这么一来，那个顾客也怒上心头，发起火来。先是吵嘴，然后就动手了。店长马上赶来，叫了警察。就这样，家庭法院调查官——阵内大人登场了。”

“那阵内大人是怎么发落他的？”

“试验观察[①]。那小子的家里现在乱糟糟的。在这种情况下，我想还是认真观察一下比较好。”阵内这会儿的发言又有了调查官的样子，让我有些惊讶。不，应该说是十分不安。

“刚才你们说了半天他那位老爸。”

“是个没出息的老爸。”

“我刚才就在想，你也这样称呼人家，不太妥当吧？”

“没事。”阵内断言道。我揣测着，阵内说不定把自己的父亲投射到那人身上了。“总之，他老妈有家不回，他怀疑是不是在外面勾搭上了男人。”

“有外遇吗？”

“八成是这样。我也这么觉得，但他老妈一直否认。”

“这样的话，没出息的不是他爸爸，而是他妈妈才对。”

“对他来说，一个让老妈搞出外遇的老爸才不可饶恕呢。”

“是这样吗？话说回来，你会给他个试验观察，可真是稀罕。”

“是吗？”

“你不是经常说什么嫌太麻烦，不会这么处理吗？”

一般来说，调查官会对送进家庭法院的少年犯考虑给予“保

---

①日本的家庭法院对一时难以进行判决的未成年犯罪嫌疑人采取的措施。在一定时期内由调查官进行观察，并向法官提供判决建议。

护观察”或者“送交少年院”的处分。但除此之外，还有一种选择是“试验观察”，即不立即给出结论，而是将调查期限延长一定时间，让少年犯定期到家庭法院来，观察少年的情况。如果需要，也会让涉事少年到特定场所生活一定时间，乃至去当住宿佣工。总之，这么一来，调查官就能更持续、更积极地接触少年犯，最后决定处分。当然，我们每天都必须源源不断地面对新的问题少年，没有精力随便给出“试验观察”。

以前，我会对那些自己很担心的孩子给出“试验观察”的处分。但那样一来，和少年们的面谈接踵而至，光是听他们说话就已经力不从心了。我不知所措，只得不管三七二十一，问完话就了事。到头来，我受到了主任的告诫：“你这样光是把他们叫过来问话，根本不算试验观察，而是自然观察。”

原来如此，一语中的，我不由得感到佩服，也反省了我的工作方法。

和我相比，阵内对“试验观察”给得很慎重。与其说慎重，倒不如说怕麻烦。他老是噘起嘴说：“只是稍微延长了一下时间，根本改变不了什么。”

“既然是试验观察，那你是在意明的什么地方吗？”虽然这么说有些过分，但是像明这样的案例多得是。

“倒不如说，明的老爸才是重点。”

“那个没出息的老爸？”

“武藤，你这么称呼人家可不好吧？”

我一阵窝火。“你之前说过你父亲的事，这和你父亲有关系吗？”反正是喝酒，我打算稍微越界试试。

“我老爸？”阵内先是吃了一惊，然后挤出一句，“啊，还真有过那样一个家伙。”

“什么叫‘有过’？”

“明的老爸跟我的老爸可不一样。我那个老爸最差劲了。”

“怎么个差劲法？”

“忘了。”我心想阵内准是生气了，但他的表情看上去一片阳光，“那个人的事，我早就不放在心上了。”

他这么一说，我想起他曾经也这么说过。“是什么让你不再关心他了？”

“你可真喜欢刨根问底。”阵内看起来仍然没有生气。

“可是，如果真有办法能够消除一个人对父亲的轻视和憎恨，那我也好告诉那些问题少年，这不挺好吗？或许还真能派上用场呢。”

阵内一副嫌麻烦的样子，掏起了耳朵。

“告诉我吧。”

在我的一再坚持下，阵内喝下一口啤酒，开了口。“我揍了他一顿。”

“揍……揍了他？”我大吃一惊，声音不由得提高了一分。

“好像是十年前吧，在我还二十几岁的时候。”

“那个时候，你和你父亲见了面？”

“碰巧罢了。那可是时隔好几年的碰面。他还是那副神态，我见了就来气。于是，我就借那个机会，干了那件我从小就想干却没能干成的事。”

“就是揍他吗？”

“那一顿打得可真痛快。”阵内仿佛是听了个有意思的落语，笑了起来，“一刀两断了，心情一下子舒畅了。”

“你二话不说就上前打他了？”

“我忽然走上去，正面给了他一下。”阵内像是要再现那一拳的场景似的，胳膊在我面前慢慢晃着。

“他吓了一跳吧？”

“他眼睛都睁圆了。本来就是个不值得同情的人，那一拳过后真的是很可笑了。然后我就不再跟他有瓜葛了，因为我跟他已经做了了断。”

“你父亲没说什么吗？”

“恐怕他还不知道是我吧。我是在不露脸的情况下揍的。”

我无法想象如何不露脸去揍人一顿，但总之，我们并没有继续这个话题。可以肯定的是，阵内用他特有的方法和他父亲做了了结，而同样可以肯定的是：“这有点不适合推荐给少年啊。”

“所以，明的老爸和我的老爸没有关系。”

坐了大约三十分钟，我们从座位上起身，打算离开。收钱的是明，他一边算账，一边板着脸问我们：“我想请教一下，家庭法院这种地方，离婚的人也会去吗？”

“啊，会。不管是想离婚的人还是不想离婚的人，通通都会。”阵内又指着我说道，“这小子现在就负责这块，他可是对付夫妻矛盾的专家。”

明用惊奇的目光看着我。“家庭法院是能进行审判的吧？那里可以判定夫妻之间谁对谁错吗？”

收银台旁只有我们几个。

“不，不太一样。”我委婉地否定了他的说法，“家庭法院做的只是调解，不是判决。让夫妻二人过来，听听他们的想法。”

“听完他们的想法，然后怎么做？”

“找到最适合他们的办法。”我给出了连我自己都觉得抽象的说明。

“不判定谁对谁错吗？”

“我们不是要特意找出不对的人。”如果真到了审判的地步，那确实如此，但调解与此不同。“说到底就是让双方相互沟通。”

“噢，是这样啊。”明看上去有些扫兴，“那家庭法院的人也不会找出出轨夫妻的第三者，并给予惩罚吧？”

我摸不透他说这话究竟是什么意思。“是啊。”我回答道，“这些事情，要说的话，也是私家侦探的工作吧。”

“走啦！”阵内粗暴地插进一句告别，站到自动门前。

“谢谢光临，欢迎下次再来。”或许是出于店内的规章，明对我们客气地道了别。

这时，阵内回过头来对明说道：“啊，对了，这个给你。”他从口袋里拿出一个小盒子。

“这是什么？”

“MD，录制音乐用的。你应该知道这玩意儿吧？”

“所以，我问你这是干什么？”明露出比刚才还要惊讶和不安的表情，“里面是什么？”

“是我那个乐队的曲子。挺酷的，拿去听吧。”

“你说你自己的音乐很酷？”明投来同情的目光，“不好意思，我可不会说恭维话。而且，阵内先生，你都三十多了，像你这种大叔办的乐队，肯定不行。”

“听着，我话说在前头。我从出生到现在，还从没不行过。”

我一边听着他这句古怪的自夸，一边走出店外。十月下旬的冷空气在我的后脖颈转了个圈，飘走了。

4

次日一早就开始下小雨。虽然雨势还没到打在路面上发出响声的地步，但四周的景色都变得湿漉漉、黏糊糊的。到了下午，雨还没有要停的样子，我透过窗户眺望天空，到处都笼罩在乌云之下。乌云就像块洇湿的抹布，被人一拧，水滴便连绵不绝地掉了下来。下午四点左右，主任须永那边的电话响起，对方告诉他，这次的调解进行得不太顺利。

离婚调解时，我们基本不需要出席，全由调解委员出面。

调解委员主要由“具有丰富人生经验和优秀人格”的公司职员或教师之类的人担任。至于是通过哪些程序、根据哪些条件任命的，我也不知道。在这些调解委员中，有些人确实能够称职胜任，但对于有些人，我有时也会不由得想摇头否定。

离婚调解由一男一女两名调解委员完成。他们分别听取当事人双方的意见，力促他们进行沟通。如果双方能顺利沟通，那就没有问题，也轮不上我们这些调查官登场。这对调解委员来说是好事，或许对当事人也相应地是件好事。但调解委员也会有束手无策的时候，比如双方无论怎么沟通都找不出根本的问题，或者有必要对当事人进行调查，总之都是些无法打开局面的情况。这么一来，该怎么办呢？

善用心理学和社会学上的技巧，解决犯罪少年和家庭纠纷问题的专家——家庭法院调查官，也就是我，该出场了。

家庭法院给有调解任务的日子分配人员值班，按值班顺序决定调查官的人选。如果这一天的调解进行得不顺利，就会把值班的调查官叫过去。今天是我值班，因此得去一趟。唉——我长叹一声，走了过去。

我走进调解室，调解委员正在那里等我，当事夫妻暂时退出了房间。我一边让他们把申诉书念给我听，一边听他们说明。丈夫叫大和修次，四十岁，是一所私立大学理学院的教授。妻子叫三代子，三十二岁，是家庭主妇。两人还有一个三岁的女儿，名叫纯子。

离婚的原因是性格不合，吵架不断，申诉人是女方三代子。

“在女儿的监护权上，双方互不相让。”女调解委员佐藤脸上写满了困惑。她一头白发扎在脑后，显得很高雅，一副又圆又大的眼镜也让她看上去很知性。听说她曾是个中学教师，一直干到退休。她为人稳重，可以想象在学生中应该不缺人气。

“男方修次先生已经离过两次婚了。”坐在佐藤旁边的男调解委员山田对我说道。他嘴角虽然浮现着笑意，眼神中却露出不满。因为他人缘好，社交能力强，第一次见到他的时候，我对他全是好印象。但最近我发现了他刚愎自用的地方，觉得有些难打交道。

“这次是第三次吗？”为保险起见，我又确认了一遍。

山田却反问道：“二加一不是等于三吗？”不知他本意是想幽默一下，还是在斥责我不要说理所当然的废话。

“前两次的原因是什么？”

“原因是男方在外面有了女人。”佐藤说道。

“两次都是？”

“是的，两次都是。而且他离婚之后，就和前次婚姻里的第三者结婚。所以他第二次离婚，也是因为现在的妻子三代子女士。”

“他接二连三地另觅新欢，然后和自己的旧爱离婚。”山田的脸上明显露出不快的神色。

“就像是接力赛。”跑到一个地方，换一个妻子，然后又跑到前面一个地点，再换一个。我心想，大和修次这个人就这样规避了人生旅途中的失速，一直稳健地生存下来。

“就像你说的那样。而且他和前两任妻子都有孩子。”

“这是怎么回事？”我脑中刚刚描绘出的一套家谱混乱起来。

“男方和三个女人结过婚，每个女人都给他生了一个孩子。”

佐藤对我解释道。

“那他前妻的孩子们呢？”

“都和各自的母亲一起生活。”

“真有意思。”我不小心说了这么一句，立刻暗自反省：不该一时失言，把当事人的事情说成是“有意思”。

“是啊，真有意思。”佐藤面带微笑地说道，为我解了围。

“男方曾态度强硬地说：‘虽然我离过两次婚，但这并不是什么坏事。倒不如说，两位前妻如今生活得都很幸福。你们随便调查。’”

原来如此。因为要调查这一事项，才把我叫了过来。

“他是个花花公子吧？”

我刚说完，就见佐藤摇头说道：“他看上去很严肃，也没觉得他是个好色之徒。”

“但他毕竟是个教授，遇事能沉着下来。他说话诚恳，一直力图说服我们。”山田叹道。

“道貌岸然，是吗？”

“也不是这样。他很冷静，说话口气也很认真，让我们觉得像是在听他上课。但感觉他太过诚恳了。”

“三代子女士并不工作，对吧？”我向他们确认。

“直到目前都是主妇，但离婚后好像打算找个工作。她还想抚养女儿，不想把女儿让给丈夫。”

“这是意气用事吧？”我问道。

“看来是意气用事。”佐藤默默点了点头，山田也表示同意。

一追问起夫妻闹矛盾的原因，大抵都是一样的：“意气用事”和“逆来顺受”。

5

我决定先听听申诉人三代子的想法。她一走进门，脸上就泛起了红潮。愤怒、紧张和戒备心混在一起，在她身上织了一层看不见的荆棘网。

三代子身材纤瘦，肤色白皙，一头及肩秀发卷向内侧，看上去像是个二十几岁的人。或许是她下巴细长、眼角上翘的缘故，我总觉得她有些神经质。

我坐在两名调解委员中间，简单做了自我介绍，然后问她："您不打算让出您对女儿的监护权吗？"

不知是否该说如我所料，她拿出一种似乎连声音都充了血的魄力说道："绝对不让！"她很激动，"我从没想过要把纯子让给那个人。孩子本来就应该和母亲在一起，不是吗？不对吗？"

"是啊，是有很多案例结果和您希望的一样。"我一面顾及她的感受，一面试着和她交流，“不过，孩子由父亲来抚养的情况，当然也是有的。”

“您是说我没法抚养孩子吗？”

“不，我不是这个意思。”我赶紧摆摆手，尽可能把话里的锋芒去掉，“我只是举个例子而已。”

她的呼吸急促起来，直盯着我。看来，她已经认定对手并不是我两侧的调解委员，而是我。

“您不反对离婚这件事，对吧？”佐藤插嘴道。

“嗯，算是吧。”三代子独自吞下不满，点了点头。

“您说的性格不合，具体来说是哪些方面呢？”我问道。

“这个嘛，各种方面。”

这并不能说得上是具体。“那您还记得最近一次你们吵架的原因吗？”

“最近我都没怎么见过那个人，没吵架，也没说过话。”

“教授的工作很忙吧。”我带着一副充分理解的表情点了点头。

她却噘起嘴，露出委屈的神色。此时，她的眉间出现了深深的皱纹，似乎她从头到脚的松弛皮肤全都集中到了眉间，过了好一阵，她才说道：“我觉得他在外面有了女人。”

“嗯？”我和佐藤他们不约而同地发出了疑问。或许这是刚才在调解中没有提到的事。

“那个人一直否认，但我觉得有可能。”

“有什么迹象让您这么觉得吗？”

“那个人至今为止离婚的原因都是一样的，所以这次肯定也一样。一定是因为有个得意忘形的女人。他肯定打算先离婚，然后再结婚。您觉得这种男人会认真抚养女儿？他总归又会遇到别的女人，然后再次离婚。再说，至今为止都是把孩子判给女方，为什么到我的时候就要让给他？”

我一边听着她具有杀伤性的念经似的抱怨，一边心想，果然，这个女人与其说是出于对女儿的爱，倒不如说是出于维护自尊心，才对监护权寸步不让。

“就是说，您的女儿并不喜欢您丈夫，是吗？”

“她怎么可能喜欢那种男人。”

我垂下肩，心想，这个女人怕是在她女儿面前也会随口抛出“那种男人”这个词。

6

接下来，我把当事男方修次叫了进来，准备听他怎么说。

门把手被慢慢转动，只见一个身材中等、溜肩膀的男人走了进来。他并不瘦，鼻子、脸、肩膀和腹部都略显圆润，只有一副眼镜有棱有角。他戴着方形的黑框眼镜，镜片后面是一双锐利的眼睛，给人一种踏实严肃之感。

这样一个男人能和三个女人有过婚姻——我有点佩服地观察起他来。他在我眼里不过是个微微发福的大叔，但在女人眼里或许就变成“既知性又可爱”了吧。小熊维尼再来点知性，确实无敌，难道不是吗?

我和刚才一样，简单地确认了一些情况，然后问道：“提出离婚的，是您吧？”

“大概从一年前开始，我们总为一点小事争执。凡是我说的，她都会反对。而她做的,我全都不满意。情况就这样一直下去……”

哪对夫妻不是这样——我没有将这句话说出口。离婚正是因这样微不足道的小矛盾不断累积而导致的。

“我向三代子提出离婚的时候，她也同意了。”修次十分冷静，甚至让人感到几分凉意。

“问题就是在监护权上，对吧？”

“我无法接受。”修次噘起嘴，说道，“一开始她说让我抚养，我同意了，而且她本来就不太会带孩子。可她最近又改口说不会让给我。”

他这么一说，我想起刚才佐藤也说过这样的话。

“这是为什么呢？”

“谁知道。”修次板起脸，歪着头说道，“大约两周前，她忽然说已经告到家庭法院了。我吓了一跳。”

“您太太是在没和您商量的情况下告上来的吗？”

“谁知道她哪儿来的这种想法。”修次觉得有些不可思议，语气中还带着轻视妻子的感觉，“可能是有人给她出谋划策，让她这么做吧。”

“您之前离婚都没有经过调解吗？”

和他说话的时候，我总觉得自己是在黑暗中摸索，行走在深渊边缘，不知道究竟话说到什么地步会触动他的怒火。我怀着不安继续向他发问。

“是的，都是双方协议离婚。像这样还是第一次。”

我可是每天都面对这种离婚。

他对过往的离婚经历似乎并没有半点后悔和惭愧，一副泰然自若的表情对着我。这表情让人感到一种理智和合理。还没等我发问，他就向我解释道："我二十五岁结第一次婚，三十二岁第二次，三十七岁和三代子结了婚。之前的两个人，都是我在其他大学工作时来上我讨论课的学生，三代子则是我出差时巧遇的。"

"前两次离婚的原因是什么？"

"因为我想和其他女人结婚了。"

"两次都是吗？"

"两次都是。"

或许因为他回答得太过平淡，我没有感到不悦，只觉得他的回答不是借口，也无关虚荣心，而是真心话。

"这次也是吗？"我趁此机会问道。

修次的眉毛挑了一下，然后很不客气地答道："刚才我说过是因为性格不合，您没在听吗？"

"能问问您的两位前妻生的孩子的情况吗？"

修次沉着不惊地答道："第一任妻子，我现在已经不再给她抚养费了。当然，一开始我还是每月都给，但前年她也再婚了。因为她开始了新的生活，或者更可能是因为她想拥有跟我平等的地位，她主动提出不要抚养费了。第二任妻子，我现在还在支付她抚养费。"

"您还和孩子们见面吗？"

“第一任妻子给我生的儿子，现在已经是个初中生了。他和继父关系很好，所以我决定不再见他。”

从他的语气中，我感觉不到一个父亲应有的感情，这让我有些不快。于是我用稍微强硬一些的语气问道：“您见不到亲生儿子，难道不觉得失落吗？”

“当然失落了。”修次虽这么说，但他的声音里并不包含着失落，“但是，为了孩子着想，我觉得不去见他才是正确的。”

他这种口气好像在说，世上所有的事物都存在着“正确”和“不正确”的分明界限。这再次引起我的反感。

“所以，您一直在忍受这份失落？”

“是的。”镜片后依旧是那种眼神，“第二任妻子给我生的儿子，现在是每隔半年见一次。”

“如果某一天，您的这个儿子也找到了新爸爸，那您就打算不再见他了吗？”

“我要先判断是不是对孩子有好处。”

“如果您判断出不见面是正确的，您就——”

“是的，不会见了。”修次一副理所当然的样子点了点头。

“问个很简单的问题。”我说道，“您之前离婚都没有执意要孩子的监护权，为什么这次却想把女儿要过来呢？”

“这是因为，”他的表情认真起来，“三代子和我的两个前妻不一样。”

“不一样？”我和山田几乎同时说道。反应慢了一拍的佐藤问道："您说的不一样，是指什么地方？"

"性格。准确地说，她们不是同一类人。我的两个前妻都有工作，换句话说，就是生活能自立。三代子和她们比起来，缺乏社会经验，我觉得不能将女儿完全托付给她。"

我真想责问他：要说缺乏社会经验，你成天只在私立大学的研究室和教室出没，不也一样缺乏吗？这样的人说话时却把自己的情况搁在一边，让我无法对他产生好感。

"我的女儿纯子，一定要由我来抚养。"

"因为这是正确的，对吗？"

"是的。"

"您女儿与您亲近吗？"我想起了刚才三代子的话。大不了再激怒他一次。问这个问题时，我早就做好了心理准备。

"我妻子应该跟您说过，女儿和我不亲近吧？"

"不，我不是这个意思……"我含糊其词。

"当然，女儿并不腻着我、围着我转。但这不意味着我和女儿的关系不好。其实，我和她相处得不错。"

"可能只是您单方面这么觉得罢了。"山田吹毛求疵地说道。他看上去就像个忌妒花花公子的老头。

"我还以为您听了她说的话之后明白了呢。三代子是个非常感情用事、办事没有章法的人。现在她逞一时意气，说了些强硬的话，可离婚之后，她肯定会搞得乱七八糟。我现在就能预想到。"

"肯定？是吗？"千万别相信说话决绝的人——阵内经常这么

决绝地对我说。

“即使您这么肯定，事情也不一定会这样吧。”山田插嘴道，“您妻子和您离婚之后，要是把孩子判给她，她说不定也能井井有条地活下去。我想，您最好还是不要这样给别人下结论，不要随便就断定您妻子不行。”

“如果是别的事，我倒是能够让给妻子。但女儿的事，我不得不慎重。我这么说可能不合适，但要是妻子离婚后陷入疯狂，她说不定就会迁怒到女儿身上。”修次的发言就像是台风将至时的天气预报，冷静沉着，客观且不固执。

“迁怒？”我问道。

“暴力相加都有可能。”

“暴力？您是说，您妻子有这种倾向？”

“有。她在和我争论的时候，兴奋起来就会披散头发，对我挥拳头。”

“竟然这样……”我厌烦起来，“那离了婚岂不是很危险？”我探出身子说道。

“虽然如此，但就是因为这样，我们也无法迁就着继续婚姻生活了，不是吗？”

我其实很想说：才不是，就算迁就，也要继续过下去。山田或许和我的想法一样，他噘起嘴说道：“可是，基本上所有夫妻都是相互迁就着过下去的。他们是为了女儿、为了儿子过下去的。”

“我不认为这是正确的。”

他那套“正确”和“不正确”理论又来了。这又不是问答竞赛。

“我总觉得，您这种说话方式里感觉不出一点爱。”山田说出此话，已经彻底沦落成一个缺少人品的讽刺家了。但我与他有同感。修次思路顺畅的说辞里，传达出了多少他对女儿的深情？加油啊，山田，把我想说的也说出来。

“您妻子至今为止有没有对女儿动过手？”

“还没有过。可只要我不在身边，那是肯定有可能的。”

“您说的是可能吧？”山田歪嘴冷笑道。

我再次将三代子叫进房间，让他们夫妻二人坐在一起。我避开暴力的字眼，用温和的话语委婉地提议：“您不觉得，比起一个工作没有着落、经常歇斯底里的妻子，一个工作稳定、处事冷静的丈夫反倒更适合抚养女儿吗？”

如我所料，三代子并不认同。“请别妄下判断！”她吼道，“您不会知道，对一个孩子来说，母亲有多么重要！”她随后又说了些如此这般的话。

修次的表情似乎在说：瞧，我没说错吧。他怒斥道：“这不是妄下判断，而是分析出的结果！”

“分析？你就是这么一分析，然后说些冠冕堂皇的话。”

“哪里冠冕堂皇了？”

分析，这个词对我来说足够冠冕堂皇了。

虽然我也没有报什么期望，但看来一时还无法得出结论。

片刻之后，三代子开了口："你根本没能力把女儿抚养好。"她说道，"你前两次都是把孩子拱手相让，那只能让我觉得你缺少作为父亲的责任感。你一定觉得孩子不过是婚姻的附属品吧！"

原来如此，这也不是没道理。两次离婚，修次都放弃了监护权，我感觉他确实缺乏对孩子的执着和深情。

"才不是这样！"修次否定道，"只是因为至今为止，那都是最优的选择。"

"什么是最优？冠冕堂皇。你以为所谓的'最优'就能保护好纯子吗？"

"是你保护不了她吧！"

"强词夺理！我全都知道了！"

一场调解变成了对骂。我故意做了个深呼吸给他们看，然后叹了口气，宣告道："请你们半个月后再来一次。"

在激动的状态下商量事情是得不出结果的。几个老大不小的成年人唾沫横飞讨价还价的光景，每次都让我兴味索然。虽然我不是阵内，但这种情况下，我也想说一句：随你们便！毕竟有个孩子在那里，这不由得让我希望有个"和平共处"的结局。当然，父母离婚之后，孩子并非都会走向歧途。但我坚信，生活在一起的父母若因为吵架而把家里弄得乌烟瘴气，孩子一定会受影响。所以，我每次都强忍着不说那句"随你们便"，而是力促调解，虽然力量微薄，但我尽力而为。

"下次请告诉我，你们打算如何一边工作一边照顾孩子。"我对二人提出要求。面对三代子，我又补充说，要她告诉我她会去哪儿找什么工作，即使不打算长期干下去，也试着找份工作干干。大和夫妇相互连看都没看对方一眼，或者说是背对背地起身，离开了房间。

门被关上的声音响起，震动又渐渐停止。坐在我两侧的佐藤和山田几乎在同时松了口气。

“你怎么认为？”佐藤用和蔼的声音问道。

“正如男方所说，我觉得女方是有些感情用事。可是，男方也让我感到了冷漠。他们真的能认真抚养女儿吗？”我一边摸头发，一边回想刚才的对话。

“刚才女方说了句‘我全都知道了’，这究竟是什么意思呢？”佐藤不经意地问道。

“说的是他出轨的事吧。”

“有可能。男方说不定正打算马上再婚呢。”山田心中的敌意显露无遗。

“接着再婚？”三次离婚，四次结婚，怎么都觉得这在现实中难以理解。“也不是没可能。”

7

“相当有可能，非常有可能啊，武藤。”阵内用筷子尖指着我说道，“人是不会轻易改变的。那个丈夫，绝对在外有不正当关系。不，还不确定他是不是有不正当关系，但他一定打算再结一次婚。”

“果然是这样啊。”

“听我说，罗马帝国不是曾经称雄世界吗？”

“哎，你要说什么？”

“大英帝国也盛极一时，而现在是美国称霸。”

“你要谈历史？”

晚上，我们又坐进了天天居酒屋。这次我还是没接受教训，在从家庭法院回家的途中，因为雨势渐小，我正要收起雨伞，被阵内叫住了。

“工作上有烦恼就找我聊吧，今天喝几杯如何？”

连续两天都去居酒屋，无论从经济上还是从精神上，我都感到抵触，但还是决定陪他。但刚过昨天又是今天，并没有什么新鲜话题。于是我顺势将今天见到的大和夫妇拿出来当作谈资。店内将近客满，我一看收银台前的钟，已过八点。店员精神饱满地招呼客人，匆匆来回走动。我没有找到明的影子。

阵内用筷子戳起炸鸡块，动作就像是个不知道怎么使筷子的幼儿。炸鸡块的表面渗出油脂。“这世界上执牛耳的国家一直在变，而且称霸的时间逐渐变短。罗马帝国维持了几百年，美国称霸却不过才六十几年。”

“那又怎么了？”

“那个男的也一样。他不断变更结婚对象，而且每次婚姻持续的时间也在变短，不是吗？”

“你这么一说，”修次最早的婚姻维持了七年，然后是五年，而现在则是三年，“确实是这样。那该怎么办？”

“用不着怎么办。”阵内轻描淡写地说道，看了一眼扎啤杯里还剩多少酒，“世上本来就有那样的活法，仅此而已。”

“那样的活法……吗？”

“如果放着不管，那个大和会继续离婚、再婚，反反复复。这不是大问题。到最后，估计他会刚结婚五分钟就要离婚，这就足够当笑料了。”

可让他成为笑柄并不是我的目的。“他们女儿的监护权该怎么办？”

“这种事，让他们自己决定就行了。”

“他们就是因为决定不了，才来到家庭法院。”

阵内不耐烦地抓了抓头发。“那就这样如何？把女儿放在中间，让父亲和母亲朝各自的方向拼命拉。”

“这……”

“强求的一方会用尽全力去拉，而真正想着女儿的一方却会因为爱惜女儿而放手。最后你就把监护权判给后者。”

“这不跟大冈越前[①]的大冈判案一样吗？”

“别随便说什么这个和那个一样。”阵内哼了一声。

这时，我感到身后来了一个人，转头过去，发现明站在那里。他夸张地叹了口气，说：“今天又来了？”

“我是来吃这里的炸豆腐的。”阵内说道，但他并没有点什么炸豆腐。

“是吗？那就不是来找我的喽？”

“没你的事。”

“好吧，那我走了。”明带着阴郁的表情走开了。

“阵内，你是在担心明吧？”我把脸凑过去问道。

“没有。先不说这个，接着说刚才那个离婚的事。你是什么想法？”

“不知道呢。女方歇斯底里，男方让人感觉冷漠。要是男方能

---

①即大冈忠相（1677－1752），因生前任越前守而得名。他最广为人知的断案是《大冈政谈》里记载的一个妇女和邻居之间争夺亲生女儿时的判决，即文中阵内所说的方法。

更多地表露一些爱意，我倒觉得可以把孩子交给他。”管它呢，又不是由我来决定，最终决定的是他们自己。

“表现爱意的方式因人而异。”阵内咔咔咔咔地敲着筷子，接着说道，“不过，交给谁都关系不大。不管他们怎么抚养，那个女儿总归会变坏。”

“拜托别说这种不负责任的话。”

“绝对会这样。那个女儿到后来一定会干什么坏事，然后进家庭法院。”

“别这样妄下决断。”

“你也应该隐约感觉到了吧。孩子就应该在父母的眼皮底下长大，父母关系不和或者无情无义，孩子就会慢慢走上歧途。绝对会。”

“会是这样吗？”

“当然也可以像我这样，照着老爸的脸给一拳，用这个办法解决问题。”

“你这种建议我可说不出口。”我为难地回答。环视店内，我发现有人正看着我们。是明，他好像刚往里面的一张桌子端完菜，此刻正站着，盯着我们这里。我的目光和他的相碰，他慌忙移向厨房。过了一个多小时，我和阵内说话渐少，也不想再给见底的杯子添啤酒，于是决定散伙。“酒正喝得高兴呢……”阵内嘟嘟囔囔着。

我正要朝收银台走去，发现明从里面的通道走了过来。他推开其他店员，抄近路到跟前，仿佛在说“让我来”。他想干什么？

如果我们碍他的事，他完全可以无视我们。可看上去他又是故意要来收银台结账的。

“你们打算每天都来吗？”明低头算着账目说道。

“哪儿会每天都来！”

“难道说，是因为你们相信，只要经常光顾这里，就能懂我的心？”他用混杂着蔑视的口气说道，“就像电视剧里那样。”

“懂你的心？”阵内睁大眼睛，仿佛是第一次听见这种话，“懂你的心？我？别说梦话了。我凭什么非要懂你的心不可？”

“为了让我改过自新。”明苦笑道。

“要是这样就能让一个高中生改过自新，那从明天开始，全国的家庭法院调查官每天晚上都会去居酒屋。”

是啊——我没出声，代之以点头。

“你们大人就喜欢这样啰啰唆唆地叫嚷，所以才讨人嫌。”明叹气道。

不，只是这个大人特别啰唆而已。我不由得想纠正他。

“对了，那些曲子你听了吗？”阵内把手伸进钱包，一张张拿出钞票，一边将正反面整理一致一边问道。

“嗯。”明的回答含糊不清。虽说高中生回答问题时本来就爱含糊不清，但还是让人觉得不舒服。他接过钞票，打出小票，数好零钱，过了一会儿才小声说道：“听过了。”

“不错吧？”

明的表情勉勉强强，但还是点了点头。“嗯，出乎意料。”

“对吧？”阵内笑逐颜开。

“那些是披头士乐队的曲子吗？”

“改编过的。”

“说不上是车库摇滚还是朋克摇滚，反正挺酷的。”明一副不太愿意承认的样子。

“吉他速度感不错吧？”

“还不坏。”

“应该是很厉害吧？”

真固执——我在心里插嘴道。

“啊，不过，”明说完，不快地皱起眉，“这可不意味着我和你的心已经相通了。”

“我知道，”阵内努起下嘴唇，“我也没想让你改过自新。”

“知道就好。”

“对了，这周六我们有演出，过来看看吧。”阵内说完，不知从哪儿取出一张又细又长的纸条，放在柜台上，“这是演出票，送你了。”接着他又说了演出的地点，从这里坐下行地铁，过两站就到。“但我们只是另一个乐队的助唱。”

“我去了有什么好处？”明有点轻蔑地说道，连票都没碰。

“有啊。”阵内自信满满，不，应该说他就是用自信做出来的。他又说道：“武藤，你也来呗。”

“嗯？我？”听阵内的话锋忽然指向我，我立刻变得十分不安，不由得吐出了真心话，“不，我就不去了。”

“把你刚才说的那对夫妻也带过去。”

“夫妻？今天来家庭法院的那对？”

“没错没错。”

“把他们带过去又能怎么样？”

“我的演奏可是很能治愈人的。夫妻的问题，当场就能解决。”

“荒唐透顶。”明竖起眉毛。

我没有说出“荒唐透顶”这个词，但心里还是赞同的。“算了，我还是不去了。”

“我说，”明开口了，“我说，呃，阵内先生旁边这位。”

看样子是在说我。“嗯，什么事？”

“你是负责离婚问题的吧？”

“也不全是离婚。”

“最近有人去过你那儿吗？”

“为离婚争吵不休的人天天都来。”我耸耸肩说道，“你也在考虑离婚吗？”我开了个无聊的玩笑。

“是不是有个奇怪的男人？”

“奇怪的男人？”不就是现在站在我身边这位吗？我很想指向阵内。

“是个讨人厌的男人，净干些偷情的事。”

“来家庭法院的不都是那种家伙吗？”阵内插嘴道。

“哦，是这样吗？”

“今天来的那家伙就是这样吧？”阵内喋喋不休，“他可是个老婆换了一个又一个的花花公子，大和殿下。”

“阵内！”我急忙捅了一下阵内的腰。当着其他人的面说出当事人的真名实姓，无论如何都是不可原谅的。就算不是保密义务，也是常识问题。

可是阵内却满不在乎，接着说：“啊，我想到一个不错的笑话。”他高声说道。可以预想，他要说的一定是个没什么品位的笑话。“大和先生的离婚调停，那可是诚如大和调停啊。大和朝廷，不是吗？”①

我任他说下去。现在都二十一世纪了，谁还用“诚如”这种古老的词。

正当我们准备走出店门时，明对我们说道：“那个姓大和的人，你们会叫他去看阵内先生的演出吗？”

“啊？”我不知道他这么问用意何在。

“会的，会！”阵内不负责任地断言道，“如果把他叫去又怎么样？你也跟着去吗？”

到底是怎么回事才弄出了这么一段对话？我正惊讶地想着，明回答了句“是啊”，这更让我完全不知所措。“要是那样，我去听一下也无妨。”他说道。

这算哪门子事？我纳闷了。

---

①日文中，“调停”和“朝廷”谐音。大和朝廷位于以奈良盆地为中心的大和地区，是日本第一个统一政权。

8

通向车站的路是一条窄窄的单行道，没有几盏路灯，略显昏暗。和阵内朝车站走时，我向他发问：“明这是想干什么？为什么大和先生去的话，他也会去？”

“能想到的原因有两个。”阵内竖起两根手指。一看见他这两根指头，我心里就明白，两个原因都不会说中。“最有可能的，是那家伙本来就想去看我的演出。”

“什么？”

“因为十几岁的少年可不坦率，总不好意思当面说会去。所以他胡乱说了个借口，说什么大和去的话，他也去。”

“这可没有什么因果关系，只是个瞎扯的理由。”

“少年心里想的东西基本上都是瞎扯。”阵内说完，缩回一根指头，“第二种可能，是这也许跟明的犯罪原因有关系。”

“你说的犯罪原因是指什么？”

“是他没出息的老爸。那家伙不是老抱怨这事吗？”

“我想问一下，他的老爸真有那么没用吗？”

“没有，这世上比他爸不中用的老爸多了。”阵内耸耸肩，恐怕他脑中首先浮现出的就是他的父亲。

电线杆旁有一个卖豆馅点心的小摊，轻便的推车上，老板正在那里烤饼皮、装豆馅，周围散发出一阵甜香。两个主妇模样的女人正拿着钱包并排站在那里。我和阵内先是走过了那个小摊，但因为气味实在太诱人，我和他四目一对，不说话也知道对方是什么意思。于是我们无言地相互一点头，又走了回去，排到两个女人后面。趁这个空当，我们又继续聊。

“明的老爸是公务员，在市政府的窗口工作，是个普通的——应该说是个优秀的老爸。为人或许也不错，在工作的地方很受信赖。”

“那么，他就不是个没出息的老爸了。”

“这是大约一年前的事了。那次明偶然去了那里。他的一个朋友要去办驾照，需要到政府取居住卡，那家伙就跟着一起去了。就这样，他在窗口看到了他老爸。不过很不凑巧，这位老爸正在听一个市民发牢骚。”

“哦。”

“在市民中也有品性恶劣的家伙，他们真是坏透了，有些人还把抱怨、发牢骚当成了人生价值。不巧，那位老爸接待的就是那样一个市民。他毕恭毕敬，一边不好意思地挠头，一边不断鞠躬致歉。”

“这让明看见了吧。”

“他朋友见了，笑着对他说‘你爸爸只会道歉，真可怜啊’。”

那个场面很容易想象出来，而明的心情也很容易理解。

“可那只是工作而已。”

阵内听我嘟囔，便说道：“你不也明白嘛。不管是工作还是什么，孩子总是不希望看到父母丢脸的模样吧。”

“那倒是。”这我能理解。做父亲的显得没志气，自然会给孩子相当大的打击。我接待过的少年里，有不少也有这种经历。这种伤害就等于给自己的一半基因贴上“劣等”的标签，让人受到根源上的侮辱。同时，伤害又会变成愤怒和沮丧，从而让他们自暴自弃。

“明跟别人打架退学，就是在那之后不久。”阵内向绑着头巾的老板说明想要的种类。小摊提供豆粒馅和豆沙馅两种点心，阵内莫名其妙地说了一句：“把豆粒磨碎就变成豆沙了，这叫一箭双雕。”然后点了两个豆粒馅的。我则平均分配，一样点了一个。

付完钱，我们又迈开步子，吹着热腾腾的点心，一边吃一边走向车站。

“明这个人，”阵内接着说道，“应该很想证明自己和老爸不一样，想证明自己可不是不中用的人。所以，为了不让别人瞧不起，他就跟人打了架。”

“明是这么说的？”

“怎么可能。他自己可不明白。这都是我的分析，我的分析！”

阵内居然会分析事情，这样的事实让我再惊讶不过。但我也明白了，明跟快餐店的顾客打架一事，跟那件事在本质上极可能是同一个原因。或许他把自己的父亲跟那个可怜虫一样只会赔笑的男顾客重叠在了一起。

“另一方面，他老妈不是出轨了嘛。对明来说，一个不中用到被女人抛弃的父亲，只能算没出息的男人。所以，他就越来越自暴自弃。”

“可是，也没确定他妈妈一定出轨了。”

“十有八九是出轨了。”阵内断言道，“绝对。”

“那么，这为什么又跟大和先生扯上关系了？”

“想来应该是这么回事吧。那个姓大和的男人，对明来说，是跟他老爸恰恰相反的人。”阵内说话时，嘴唇上还沾着豆馅，“他是对这个接二连三换老婆的花花公子有兴趣，想去会会他。”

“就因为跟他爸爸不同？”这么说来，明确实问过一句“有没有净偷情的讨厌男人”。

“他会不会把大和先生当成了敌人？”

“他或许是想知道一个和他老爸完全不同的人会是什么样子。如果能见到这么一个人，那就去看演出吧。”

“是这样吗？”

“家里有个没出息的老爸，这种痛苦的心情我明白。为了做个了结，他只能不断尝试。”

“哦。”我了无兴趣地应了一声。

“所以，”阵内转向我，“你不来看我的演出是不行的。”

“为什么？”

“不能把明叫过去，那就伤脑筋了，所以一定要把大和夫妇叫过去。就这样。”

“就算你跟我这么说，我也……”

我很困惑，但阵内却全不放在心上。他只是瞄起我手里的点心，兴致勃勃地问道：“豆沙馅的好吃吗？”

9

第二天，我在家庭法院门口买了一份便当吃完，然后给大和，即修次打了电话。上次调解的时候，我问到了他单位的电话号码，于是直接打到了教授办公室。我已经想象不出大学里的工作时间是如何安排的了，一直担心他可能不在。所幸的是呼叫了几声之后，话筒终于被拿了起来。

“喂。”修次的声音传来，“我妻子找过您了吗？”

“您太太吗？不，没有。”他等待的或许是妻子放弃监护权的消息。“不是这件事。”我向他表示抱歉，然后切入正题，“这周六晚上能见您一面吗？”我感到郁闷。这简直就跟邀情人约会一样。

“有什么事吗？”教授的口气变得有些惊讶。

“我有个朋友在搞乐队……”我越说心情越暗淡。这算什么提议啊？完全不在家庭法院调查官的工作范围内，跟我的身份也完全不符。不过，在我语无伦次地说完之后，刚才还一直沉默的修次却意外地说："没问题啊。"

本来我已经做好了被呵斥"别对我说什么莫名其妙的话"，然后被挂断电话的心理准备，这真是出乎意料。

"真的没问题吗？"

"没问题，我想您一定是想调查一下我究竟是个怎样的人吧？"

"不，我没这个意思……"

"没事，"他冷静地答道，"我会去的。我们先去看演出，然后好好谈一谈吧。"

"可以吗？"倒是我有些诚惶诚恐起来。

于是修次解释般告诉我，虽然他表面上看起来铁板一块，但还是会听听音乐的。

"能让您太太也一起来吗？"听我这么一问，他仿佛陷入沉思，电话那头没了声音。"要是不方便，那就带上您的女儿吧？"

"带上纯子？"

"当然，您一个人来也行，带着女儿也行，带上别人也没问题。"我十分不好意思，在电话这头一边鞠躬一边说道。

修次听了，加强语气问道："别人？您这是什么意思？"

我一下子愣住了，心想糟了！我说这句话的时候并没带什么特别的意思，但我立刻就想到了怒上心头的修次会有什么反应。我刚刚说出的那个"别人"，怕是像在暗示他有"外遇对象"。看来是让修次多想了。

“我再确认一下吧，”我打算将计就计追问一下，“您当真没有正在交往的女人吗？”

修次沉默不语。

“我这么问可能有点冒昧，但您太太也有这样的怀疑。可是，如果真有这么一个女人，为何不把她说出来？这样事情也会进展得更顺利。”

“更顺利？”

“比如说，我认为您一个人抚养女儿会有难处。毕竟您还有教授的工作。可如果您离婚后有个女人跟您生活在一起，如果她能照顾您的女儿，那情况就不一样了。”

“如果，”他压低声音，带着警惕说道，“假设，真有这么一个女人，那会不会对我不利……”

哦……是这样，我稍微理解了。修次将判决和调解搞混了。出轨行为在法律上容易构成离婚原因，如果诉诸法庭判决，那么在抚慰金、抚养费和监护权等方面或许会成为一个不利因素。但是调解不一样，它并不判决谁好谁坏。调解是一个相互沟通的过程。

我说明了上述情况，修次似乎感觉很意外。“是这样吗？”看来他妻子三代子喊的“你总归是在外面有女人，就认了吧。这样纯子就是我的了”之类的话，让他误以为这就是家庭法院的判决。

“如果您能将现在的状态和心情坦诚地告诉我们，那将会对你们的调解有很大帮助。”

我不敢自夸是我这句话打动了修次，但当我们一直说到午休将尽的时候，修次开口承认了：“其实，是有个我打算将来和她结婚的女人。”

果然是这样吗？我的心情顿时舒畅起来。阵内的话或许是对的，修次的结婚对象一变再变，而每次婚姻的时间也随之越来越短。这就是“那样的活法”。

“当然，我要抚养女儿也是发自内心的。”修次似乎放心不下，加了这么一句。事到如今，我依然没能感受到他身上有什么热烈的情感。我为他感到焦急，但又无可奈何。我想问他一句：您真的有能力抚养吗？能不能让我看看您的真心？

“以防万一，我能听听那位女士怎么说吗？”我最后提了这样一个问题。我想知道那位女士是怎么想的。他听了，支吾了一会儿，然后坦白道：“其实，她也打算不久后就离婚。”

他们两个人都在出轨。

“原来是这样。”我留心不让内心受到的震动表现出来。

“可是，只要您去问她，您也会明白，我们是在认真考虑这些事情，不管是女儿的事、离婚的事，还是再婚的事。”

接着，修次把那位女士的名字和联系方式告诉了我。我手头记着，忽然停住了笔。

“总之，星期六我会去。”

我听着修次的声音，心里想：原来是这么回事。

10

阵内演出的地点在地铁沿线一栋综合大楼的地下。我本来担心那儿会不会是一个充满了喷漆涂鸦、染发不良少年和烟蒂的地方，但事实没想的那么糟。或许时过境迁，演出场所已经变成了洁净的地方。走下幽暗窄仄的台阶，拉开厚重的隔音门，眼前立刻出现了一个灯光闪耀、水泥锃亮的空间。这打消了我那种刚进门就想出去的不安感，我松了一口气。

舞台设在二十米开外，高出地面，周围围着一群年轻人。

我靠着门口的墙壁站住，旁边是明。我们约好在车站前见面，然后一起走到了这里。他没有露出一丝笑容，表情僵硬，也没有开口说他对阵内的不满和他父亲如何不好。我试着跟他聊天，他的回答也有一句没一句。离演出开始还有一段时间。

“大和先生不来了吗？”明问我。

我一边回答“应该马上就来了”，一边思考该如何打开话匣子。“你见到大和先生之后打算干什么？”我试着问道。

“不打算干什么。”

看他答得支支吾吾并不干脆，我也已经做好了准备。“你是想看看他是怎样一个男人吧？”

“嗯？”明的眼睛眨了好几下。

“你是想知道大和先生和你爸爸究竟有什么不同，你妈妈究竟为什么会和他一起出轨吧？”

明的表情僵住了。随后他脸颊抽动，对我怒目相视。“你是怎么知道的？”他问道。

前几天打电话的时候，修次把他正交往的女人的名字告诉了我。那个女人也是已婚，而且姓丸川，和明的姓完全一样。如果说是偶然，那也太过凑巧了。

明一开始十分生气，但过了一会儿，还是断断续续地告诉了我整件事情。“有一次，我骑车回家，正好看见我老妈和一个中年男人走在一起……我原本就怀疑我老妈可能有外遇，所以没感到太惊讶。但我不知不觉还是跟在了他们后面，然后就在那男人的家门口发现了大和这个姓。”

“你把这事告诉大和太太了吧？”我说出我的推测，明向我投来钦佩的目光，似乎在说：你居然连这个都知道了！

“连丈夫出轨了都不知道，这不是很可怜吗？所以我打电话告诉了她。一开始她不信，但后来总算明白过来了。看到那位太太很激动、很生气，我就告诉她，她可以上家庭法院。我对家庭法院很了解，知道那里也会受理离婚问题。”

这件事应该就是导致修次的太太忽然说出那句“我不会让出监护权”的原因吧。三代子因为被告知修次出轨，变得敏感了起来。或许她不能原谅修次让她也沦落至跟他前妻一样的处境，才要求女儿至少要跟她在一起。一定是这样。

“你为什么要让她到家庭法院来？”

“以家庭法院调查官的眼光，应该能看准一个人吧？”明低头盯着自己的鞋尖，想尽量掩饰内心的羞赧。

“不，我们的眼光并不怎么……”我说到一半就打住了。我们经常会看错少年们的真心，被他们侮辱，遭他们背叛。总而言之，我们没有看准一个人的自信。曾经有一个人假装是当事少年的父亲，我们从头到尾都信以为真。

“阵内先生总是很嚣张，说什么家庭法院调查官能把一切都识破。”

“那个人嘛，”我苦笑道，“比较特别。”

“他果然比较特别！”不知怎的，明露出一副放心的表情，“我还一心以为只要是个调查官，就能看透那个姓大和的大叔是个什么人呢。”

“你这么以为？”让他期待落空的责任落在了我的肩上，“不过无所谓了，大和先生马上就会过来，你可以用自己的眼睛好好观察一下，也可以跟他说说话。”

观众慢慢多了起来，既有一脸兴奋地推开门的女高中生，也有白领模样的女人。一转眼，又有几个体格健壮的男子乱哄哄地从我面前走了过去。从四周的人说的话里我大概可以推测，他们并不是为阵内的乐队而来，而是之后登场的那个乐队的歌迷。我看着贴在门口的一张海报。虽说是个业余乐队，却似乎很有实力，自己录制的 CD 也获得过很不错的评价。

舞台上有人出现了，他们把乐器扛上来，又开始调整扬声器和话筒的位置。仔细一看，对面右边站的就是阵内，肩上挂着一把黑色吉他。开始调音了。不知是否是心理作用，观众们顿时眼睛发亮，兴奋的火种慢慢在室内蔓延开来。咚咚的吉他声摇得人骨架都在晃，而响彻心腹的贝斯声更是让地板都震了起来。

我咂舌道："看来会变得很吵呢。"这种地方，修次一来，肯定会用他那冷静的声音说"来这么吵的地方，什么价值都没有吧"，然后扬长而去。

"看样子，乐手的平均年龄都很大啊。"听明这么一说，我的视线再次转向舞台。

乐队一共四人，正中间站着主唱，右边是阵内，左边是贝斯手，后面是鼓手。确实，这四个人看上去都已经不再是被称作"大哥"的年龄，称作"大叔"才更为恰当。不过，或许因为他们都穿着灰色紧身西装，看上去还挺有风度。其中，睁着炯炯有神的大眼睛，满脸杀气地站在那里的阵内看上去特别像那么回事。一旁握着话筒的主唱戴着墨镜，看不到眼神，但整齐的背头确实与他的风格相配，浑身透出老摇滚乐手才有的威风。

观众现在看的虽然只是助演，但或许已经对这个四人摇滚乐队的表演抱有期待，开始拥向舞台。从这时开始，连续发生了几件事。

先是我身旁的门被慢慢打开。扭头一看，是修次。我怀着复杂的心情向他打了招呼。

修次因眼前的光景睁圆了双眼：热情洋溢的年轻人在舞台前兴奋至极，舞台上的乐手威风凛凛。接着，他向我走来，露出困惑的神色。我对明使了个眼色，朝修次走过去。

“啊，这就是您女儿吧？”我抬高声音说道。修次右边站着一个小女孩，一心想躲在他身后。她带着好奇而羞怯的表情看着四周。

“因为我妻子说要出门，我就把她带来了。”修次噘着嘴说道。

我心想，他或许是为了给我造成一种他和他女儿关系很好的印象，才带她来的。他似乎有意让我注意到他和他女儿的关系。

“在这么吵的地方，是不是有点……”修次指着耳朵，皱着眉说道。

那我们出去吧——正当我准备说这话时，接下来那件事发生了。

此时演奏开始。

室内的照明变暗，引来一小阵嘈杂，然后立刻响起了吉他声。我感到身体都在发麻发震。观众们像波浪似的翻涌起来。演奏大有瞬间就将站在一边旁观的人卷入其中的气势。

但我紧盯着的不是舞台，而是站在一旁的修次。虽然只是一瞬间，我却清楚地目击到了：就在屋子变暗、演奏开始、年轻人们开始蹦跳的时候，修次忽然蹲了下来，准备将女儿一把抱住，皮包则被他扔在一边。他就像是一面保护女儿不受骚扰和侵害的盾牌。这真的就是一瞬间发生的事情。

我眼看着这场面，不知是感动，还是该说有所发现，或者说大吃一惊。总之我吓了一跳。什么嘛！我心想。什么嘛，他难道不是个优秀的父亲嘛！

修次此刻绝对没有分析这是“正确”还是“不正确”，而是下意识地做出了保护女儿的举动。这恰恰能说明他具备做父亲的资格。修次慢慢站起身，从女儿身边退后了一步。女孩似乎并不知道周围发生了什么，没有显出惊恐的样子。她反倒把这当作热闹的节日庆典，欢快地跟着一蹦一跳。这也让修次松了一口气。

不知是否心血来潮，我开始想着是不是应该相信修次。他拼命保护女儿的姿态并不是伪装出来的。过几天就是离婚调解，我决心尝试去说服他妻子。他妻子那么做一定是因气在心头，而抚平她的怒气不正是我的职责吗？我呆呆地看着修次和他女儿，感觉一件事终于尘埃落定了。

“武藤先生。”有人拍了拍我的肩膀，我回头一看，是明，他还盯着舞台，手却已经伸了过来。

“怎么了？”我一边问，一边转头朝前面看去。

演奏还在继续，曲目是 *I Saw Her Standing There*。但这曲子

跟我记忆中的披头士乐队版本比起来，声音更浑厚，速度也更快。吉他的顿音仿佛刻在观众身上，歌手嘶哑的声音伴着吉他的节奏回荡开来。英文歌词被唱成朋克摇滚的粗犷风格，四处飞扬。但不同于一般的号叫，它充满魅力，能让人感到一种神经紧绷的质感。

观众们因这超出预期的犀利演奏力和怦然心动的快感而兴奋无比。老实说，那时候我也已经忘记了身后的修次，一心倾注于回荡在演奏厅的摇滚乐声中。

“真不错，太炫了！炫得一塌糊涂！”明发出激动的声音。因为音乐声太大，我听得不太清楚，他应该是这么说了一句。

阵内没有唱的份儿，虽然有点可惜，但他有节奏地弹着腰间的吉他，看上去也是既勇猛又优雅。

“不管是音乐还是那个唱歌的大叔，都很帅气啊。”明接着说道。

我点了点头。虽然主唱没有什么华丽的动作，但他站在话筒前高亢飚唱的样子就已足够飒爽。

“啊！”明这么大叫一声，是在我点头之后。我正琢磨出什么事了，只见他一个个拨开观众，朝舞台走去。我也慌忙跟上他。什么事？究竟怎么了？我一边纳闷一边迈着步子。我看着明目光所向的地方，那是舞台，而我脑中反射般思考起一些事情来。

“这次我们找了个很会唱歌的小子。”几天前，阵内在居酒屋里这么说过。

“倒不如说，明的老爸才是重点。”当我问起他让明试验观察的原因时，他这样回答道。

“最近每天都很晚才回家……有时候嗓子都哑了。”明在谈起他父亲最近的情况时曾这么叹气过。

“归根结底，如果大人洁身自好，孩子怎么会学坏！”这是阵内一年前说过的话。

接着我又想起了那句话：“我们就是要创造奇迹！”

明停住了，他目不转睛地盯着那个将披头士乐队的歌曲用迥异于原唱的魄力疾速弹唱的摇滚乐队。我不知这是人为造就，还是真该叫作“奇迹”，但正如阵内所说，让一个少年洗心革面，如果从更大的意义上讲，将其定义无限扩展，或许称为“奇迹”也不为过。

我没想到一个戏剧性的变化即将发生。

就在此时，明说出了一句可谓“创造奇迹”的端倪的话。说完，他不好意思地大笑起来。

“我就知道！武藤先生，那个唱歌的是我老爸！”

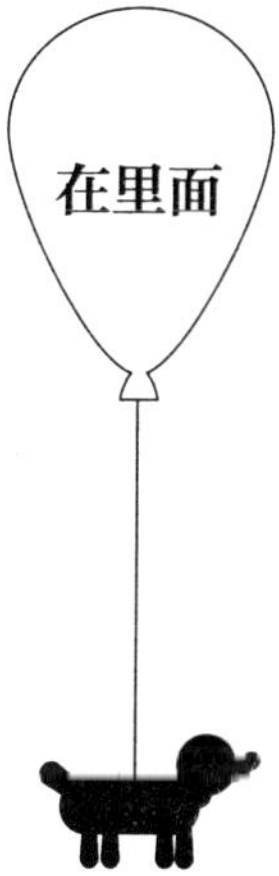
在里面

1

这应该是……扁柏吧？

摸到长椅时，我立刻想到的是这个。大概是因为去年夏天的回忆吧。那时，优子正驾着租来的车带我去福岛。我们中途在一个公园的扁柏林散步，一个恰好经过的妇人告诉我们："扁柏容易加工，所以经常被拿来做长椅之类的东西。"从那以后，每当我坐到长椅上时，都会联想到扁柏，也会想起那个妇人如同手触到干枯水果一样的干瘪声音。

我用手确认自己将要坐下的位置，然后坐了下来。虽然隔着一层牛仔裤，我还是感到一阵冰凉。这张长椅坐着并不舒服，不过造得结实，让我很放心。我感到贝斯很快就在我脚边睡着了。贝斯的脊骨刚好碰在我的右脚上。因为没套导盲鞍，它完全没有身为导盲犬的紧张感和专注力。

“我真不知道屋顶上居然会有这样一个地方。”优子坐在我左边。她穿的那件夹克的袖口应该安了纽扣，因为我听见了纽扣打在椅子上的声音。她的手窸窸窣窣地动着，卷起一阵微风，大概是摊开了一块手帕。

“你可真爱惜这个包。”我说道。

我无法想象出优子在遇到我之前经历的是怎样的人生，但优子一直认为，长椅表面有大量细菌和微生物，因此放置重要物品时，她都在下面垫上手帕。可她自己坐下去的时候却不在乎。

“这个包可是昨天刚买的，而且是限量版。我排了好久才买到的。可爱吧？”

“你问我可不可爱，我可……”这是她为了纪念十九岁生日买下的。她和我同龄，不过昨天并不是她的生日。她这是为了纪念“我的生日”而“为她自己”买了一个包。原因很简单，她说：“这不是值得庆祝一下嘛！”

“你摸摸看？”

我顺从她的提议，把手伸向左边，触到了柔软的皮革，光滑而又带着些许阻力。我用手掌一量，大概有两个手掌那么宽，一个半手掌那么高。这不是肩挎包，而是个手提包，带着拇指那么宽的细手提带。凭触觉，我感觉手提带不是用皮革做的。“什么颜色的？”

“白色。”

我当然不知道白色是什么样的颜色。但优子之前告诉过我，那是跟雪花和砂糖一样的颜色。浪花的颜色好像也是这样。她还告诉我，这是一种很明亮、很爽朗的颜色。“一个人总会有因为各种烦恼而心浮气躁的时候吧？但在一些情形下，他会猛然觉得这些烦恼都不算什么。这时他就会说：‘什么嘛！根本没必要担心。太好了，太好了！我何必想那么多。’”

“嗯，确实会有这种时候。”

“嗯，这个时候的心情就是白色的。”优子给了我这样的说明。我虽然还是似懂非懂，但如果照实说，优子会不高兴。于是我答道：“你这个解释真好懂。”

包的正中间安了一个金属物，我用手仔细一摸，发现这是个我也知道的牌子。

“贵吗？”我问她。

“贵，但可爱得物超所值。”她带着一丝自豪的口气说道，“而且啊——”

“而且什么？”

“它是限量版的。”

“你刚才不是说过了吗？”

“没人告诉过你重要的信息要反复说才能记住吗？”

2

“这里就是我们常来的站前商场吗？”我转动脑袋，感受周遭的声音和空气。一旁有人在烤香肠，香辛料、油脂和番茄酱的气味钻进我的鼻子。很远的地方传来救护车的警笛声。街上每天都是这么忙碌和喧闹。四月的风依然带着寒意，冷飕飕地绕过我的脖子。刚才走路的时候，脸颊上还能感到温暖的阳光，看来现在是在阴影里了。

“是的，这就是老地方。”优子说出了商场的名字，“我在仙台生活十多年了，还从不知道这里的屋顶有这样的台子呢。真是意外。”

“这里摆了很多长椅吧？”

“是啊。”我感觉到优子换了个坐姿。她总是代替我的双眼。要表达对她的感激之情，我除了一句“谢谢”，想不出别的词来。

我真为自己贫乏的词汇量感到悲哀。

长椅下面，理应睡着了的贝斯在小声哼哼。优子给我当眼睛的时候，贝斯时不时就会这样。

这是贝斯在忌妒它导盲犬的使命被剥夺——优子曾自豪地说过。但对我来说，我怀疑这会不会是贝斯对我的忠告。我总觉得贝斯是在对我说：你可别以为这样的日子会一直继续下去。未必会有人一直给你充当双眼，这个叫优子的人可能会离开你。别把你现在的日子当成普通生活。你最好认为现在是你的特别时光。就算是我，也不知道能陪你到什么时候。它似乎是在对我发出这样的警告。

所以，我总是对自己说，现在是一段特别的时光。因为优子和贝斯一直都在帮助我。不过有时我也会幼稚地想，真希望这样的特别时光可以尽可能地延长下去。

3

“离我们二十米左右的地方有一个扇形的台子，长椅是围着台子放的。我们就在最后一排的最右边。所以，台子在我们这里的——”

“十点钟方向？”我抢先说了出来。我这个双目失明的人，父母最先教给我的是时间的概念和指针的位置。好像也不是出于特别的原因，但确实很实用。

“对、对，恰好就是十点钟的位置。”优子的声音很轻快。

我的精神向耳朵集中。许多人的声音重叠在一起，听起来就像是弦乐演奏。我还听到了人们在周围穿行的足音，还有右手边纸袋折叠的声音。我将注意力转向孩子们的声音。孩子们稚嫩又闹腾的说话声很好辨别。有个孩子好像在说：“我要蛇！我要蛇！”有个孩子只是低声表达意向：“我要和小熊玩。”还有个孩子惊奇地说："鸡！鸡！火鸡！"我听着这些话语，有种置身于动物园的错觉。我慌忙嗅了嗅，当然没闻到动物园的气味。

"那边有人在卖蛇形的气球。"我向优子发问后，她这样回答了我。

"熊呢？"

"一个穿黄色小熊外套的人正在台子旁边发气球。"

"这样啊。那鸡呢？"

"可能是那边吧。附近有一家卖烤鸡的小店，他们说的应该就是那个吧。"

"我觉得把烤鸡说成火鸡有点不对劲。"

"依孩子们的心理，总不会把它叫成'火肉'吧？"优子这么说道。

我听见十点钟的方向传来管乐的声音。乐器不止一个，而是有好几个在重奏。"台子上开始干什么了？"

"好像有个铜管乐队，都是些初中生吧。那些孩子拿着乐器正在做准备。"

"阵内在里面吗？"我一边说，脑中一边浮现出阵内飒爽地弹起吉他的样子。自然，我并不知道阵内的长相和吉他这种乐器的外观。听了优子的说明后，我也只能模糊地凭借传入耳朵的阵内的演奏，以及那件我曾抱过一次的乐器带给我的触感来想象。

"这和阵内那个好像是两回事，这可能是学校的社团活动。"优子的脸周围刮起一阵微风。她在转头环顾四周，头发大概也随之左右摇摆起来。我闻到一股香皂和橘子混在一起的气味，这是优子最近买的洗发水的香味。

“阵内什么时候才上场呢？”

“可是，他也没说一定就在这里表演吧？只是我们单方面这么觉得而已。阵内可能就在这附近来回走呢。”

“如果是这样，我应该马上就能发现。这里并不宽敞。”

我这么一说，优子立即佩服地说道：“果然你连阵内的脚步声都记住了？”

只能依靠耳朵和鼻子的我，认人时大半靠声音和气味。我能通过一个人走路的步幅和地面上响声的强度来判断出他是谁，也能通过他向我靠近时的速度来推测我是不是认识他。所以我有自信能够察觉到阵内的脚步声。

“记倒是记住了，但阵内的吵闹声更加明显，如果他就在附近，马上就会让我们知道，不是吗？”

“说得也是。”

4

我们刚才跟朋友鸭居一起去了仙台市区的一家小时装店，是鸭居邀请我们去的。他说：“我看中了几件衣服，你们跟我一起去选选吧。”

“竟然对我这个盲人说一起去选衣服，你可真是好事。”

鸭居听我这么一说，马上在电话那头回答道：“我上次穿的那件T恤，你摸了一下，不是马上就说是便宜货吗？让你说中了。”

“让我说中了？”那不过是句玩笑而已。

“所以我才决定，下次买衣服的时候一定要让你给我选。”

我不是布料方面的专家，但我一来很闲，二来也觉得挺有趣，再说我也不是装不出对布料很精通的样子，所以就答应了他。而当我带着贝斯开始做出发的准备时，优子也理所当然似的准备起来。“我也去买点什么吧。”

“你也去？”

“我找不到不去的理由，很为难啊。”可她的口气中完全没有为难的感觉。昨天你不是刚买了个包吗——这话终究没溜出我的嘴边。

鸭居看中的那件T恤用的材料很厚实，至少从手感上来说如此。这次我不打算开玩笑，所以坦承了自己的想法。于是鸭居立刻决定说：“那就这件了！”他很有决断力。

让我跟鸭居和阵内结识的那件事非常奇妙。一年前，我们一同卷入了一起发生在仙台市内的银行抢劫案。

那真是一次奇特的体验。我至今还能把当时的情景回忆出来。

虽然我们当了人质，被关在银行里好几个小时，却没有感到半点意外和恐惧。这一方面是因为我们感觉到劫匪没有杀害人质的意思，更重要的是，在我近旁的鸭居和阵内显得十分镇静。我后来说出了对这个案子的主观猜测，鸭居表示赞同。阵内却生气地说：“搞不懂你在说什么！”三人之间这样的关系至今也没有变化。

出店门的时候，我们和鸭居告别。这时优子问道：“说起来，阵内现在怎么样？最近都没见到过他。”

鸭居摆出一副厌烦到家的表情。我想他应该是这个表情。虽然看不见，但我已经感觉到他周围的空气像一张被揉成一团的纸，正气哼哼地扭曲着。

“我又不是阵内的管理员。”鸭居答道，“那家伙的事别问我。”

“可是你跟阵内很熟吧？”

“很熟？”鸭居惊讶得好似出生以来第一次听到这个词一样。

“关系很好，不是吗？”

“这就好比……”鸭居似乎边说边思考，慢慢地开口道，“比如说，有个孩子讨厌吃面包边，因为面包边很硬。而他又是那种把最讨厌的东西最先吃掉的性格。每当吃面包的时候，他都最先吃掉面包边，然后慢慢享受剩下的部分。”

“所以呢？”

“有一天，看着这孩子飞快地吃掉了面包边，他爸爸这么对他说：‘看你吃得这么香，你一定很喜欢吃面包边吧。’”

“哦！”优子抬高了声音。

“我现在的心情，跟那个困惑的孩子是一样的。”

“我不太明白。”我侧着脑袋说道。

“我觉得我明白了。”优子笑道，“阵内对鸭居来说就是面包边。”

“就是这样。”

“可是，”优子马上又补充道，“你能说出这么一番古怪的比喻，绝对是受了阵内的影响。”

“啊？”我知道鸭居向后打了个趔趄。“胡说！”

“这话有道理。”我指着自认为鸭居所在的方向，“阵内确实有这种影响别人的能力。”

“不可能。”

“你们果然关系很好。”优子得意地点了点头。

这么一番对话之后，鸭居认命般告诉了我们：“阵内从前天开始，就在商场的屋顶上打工了。”

“哦？打什么工？”优子问道。

鸭居立刻回答：“这我就不知道了，真不知道。反正应该是登台唱歌之类的吧。”

“我有一阵子没听到阵内的演奏了。”我一边说，一边想起一年前阵内在银行里唱歌的事情。

“我可不想听。”鸭居态度坚决地说道。

“为什么？”

“阵内这人老是给身边的人添乱，不是吗？他惹人生气的事还少吗？”

“这倒是正确得和天空在头顶上一样。”优子马上答道。

“不过，那家伙弹吉他的样子确实很潇洒，不是吗？”鸭居就像个陷入绝境的政治家收回自己的过失言论，不太情愿地说道。

“是这样呢。”优子点头道。

“我就讨厌他那一点。”

“明明就是个面包边，却还装酷，是吗？”我说道。

“就是这样。”鸭居答道。

“可是，我还是喜欢听阵内的吉他。我们去听听吧。”优子说出了她的决定。

就这样，我们来到了商场的屋顶上。

5

舞台那边传来长号悠扬的声音，这所初中的校名也从舞台上的话筒里传了过来。看来不是阵内出场。我察觉到贝斯瞬间抬起了头，确认了一下声音的来向，然后又睡了。

“我去买点饮料吧。”优子站起身来，“你想喝点什么？”

“咖啡吧。”我并没有特别爱喝的饮料，但咖啡能带来香醇的享受，比其他饮料划算。

“知道了。”优子说道。一阵铃铛声响起。那是放在她钱包里的铃铛。她的鞋子碰到地面的声音和铃铛摇晃的声音往右边一点钟的方向渐渐小下去了。她的发香也跟着那些声音渐渐淡下去了。

优子还没有回来。片刻之后，另一个人的脚步声慢慢向我靠过来。这个人的步幅很小，鞋子发出的声音也比较钝，明显不是优子，当然也不是阵内。这种缓慢而又带着警惕和观察的靠近方式，是我从未体验过的。

“真可爱。”一个女人的声音传来。她在我的左边，或许因为她弯着腰，声音传来的位置很低。

“是拉布拉多犬。”虽然觉得可能有些话多，我还是应答了。

“哦？”她发出惊讶的声音，站了起来。

我很不解。“你说的‘可爱’是指这只狗吧？”她应该不是在说我。

“不，呃，是的。”她明显在掩饰惊讶，“你一个人吗？”她表现出一种随和的亲近感，向我问道。

“下面有一只狗，另外还有一个人暂时离开了。”

“哦……”她在长椅上坐下。一阵柔和的风吹来，她的头发上散发出一种难以名状的药物的气味。

我感觉她正以好奇的眼光打量着我。

我戴着有色眼镜，但如果从侧面仔细看，应该能够发现我的眼睛并未睁开。之前我一直都戴真正的太阳镜。但优子嫌它不够时髦，于是我就换成了这副细框眼镜。不，这是她给我换的。“不管我戴什么眼镜，反正我自己看不见，所以无所谓。”一开始我委婉拒绝，但优子并不在意我的想法。“绝对适合你！”她说道，并不问我感想如何。究竟我这时髦是做给谁看的呢？

“难道说，你是那什么吗？眼睛看不见吗？”一旁的女人用一种既不算直白也不够委婉的中间方式问道。

对我来说，这是个再熟悉不过的问题了。十九年来，我已经被无数次问到这个问题，将来也一定会这样下去。这一定跟那些奇名怪姓的人做完自我介绍时，被对方说“你这名字真奇怪”的情形一样。

“是的，我看不见。”我对着话音的来向，即我的侧面转过头，说道。

“哦……”女人用比刚才更加暧昧的语调说出了和刚才一样的应答。她的声音中留着稚气。凭她未经同意就坐在我旁边、毫无顾忌地跟我搭讪，我觉得她的年龄应该不大，或许才十几岁。又凭她发声的位置，即嘴的位置，我判断她的个子应该很高。她应该超过了十五岁，但比我要小。

“你眼睛失明，活得可真不容易啊。”她接着说道。

“是啊。”我一直觉得，每当我这样回答时，最好要让对方听起来很轻松，“一直想办法努力呢。”

“哦……”她又说了一遍，“你完全看不见吗？”

“是的，完全看不见。”

“什么都看不见吗？”她的话语中充满期待，或许是在等着我回答一句“什么都看不见。”

“连你烫过的卷发都看不见呢。”

“咦？”她止住了呼吸，应该是觉得很奇怪吧，“你怎……怎么知道？”

我露出一丝微笑。“刚才你坐下来的时候，我闻到一股气味，应该是烫发药水那种独特的气味吧。所以，我猜你一定刚从发廊出来。”

“真厉害——”她虽然这么说，却听不出一点惊讶的意思。她好像被别的东西吸引住了。“那，你猜得出我头发的颜色吗？”

“肯定不是黑色。”

“好厉害——”

“如果是黑色，你就不会问这样的问题了。”但所谓黑这种颜色，我自己并不能理解——我没把这句话补上去。

“太厉害了——大哥哥，你真聪明。”她这话究竟是发自内心还是随口敷衍，我并不清楚。

“你是一个人来玩的吗？”这并不是我特别想知道的信息，只不过因为她坐在我旁边，我感到一种该把对话继续下去的义务。

“倒，”她说到这儿，停顿了一下，然后继续说，“倒不如说，我今天是来表演的。”

“啊，在舞台上。”我指着十点钟的方向说道。

“我们学校有个铜管乐队，今天我们有演出。”

“那你到我这里来，没关系吗？”

“我猜我爸爸说不定会来看表演，所以过来找他。”

“要能来就太好了。”

我未经深思就脱口而出。她却忽然笑了出来。“不对，恰恰相反！每到这种时候，他都要来看。太丢脸了，真是个傻瓜爸爸。”

这个世上肯定有无数我无法推测的烦恼。“可是，今天是工作日呀。”

“我爸爸是个体出租车司机，时间很自由的。”她说完，故意伸了个懒腰，“好了，我该走了。”然后她站了起来，“再见，打扰了。”她这句话是对着贝斯说的。

我犹豫了片刻，不知是否该把她叫回来。最后我还是决定开口：“不好意思，你能不能把那个包放下来？”

要是包被你偷走，优子生气的对象说不定就是我了。

6

“咦？”她停住脚步，发出了一声带着惊讶的感叹，“你看得见？”

“刚才你站起来的时候，椅子上的手帕飘起来，撞到了我的膝盖。应该说是碰到了吧。反正，我觉得是优子垫在包下面的那块手帕。”

她此刻大概在默默无言地盯着手帕落下的地方。

“优子是和我一起来这儿的女孩，她去买饮料了。刚才她走远的时候，我记得她身边有铃铛在响，那是安在钱包上的铃铛。声音很清楚，这就说明她是从包里取出了钱包，只带走了那个。也就是说，包被留在了这里。你刚刚站起来的时候，手帕飘了起来，所以我猜你把包拿走了。我没说错吧？”我说这话时，尽量不让对方感到不快。

或许她一开始走到长椅旁边时说的那句“真可爱”，指的并不是贝斯，而是这个包。或许她是被这个孤零零留在这里的包所吸引，想方设法要把包拿走。而我双目失明的事实可能也鼓励了她实施这个计划。不过非常遗憾。

“说实话，那个包并不是我的，所以你就算拿走了，也不会给我造成太大的麻烦。不过，那个包好像——”说到这里，我想起了优子说过的话，“好像是限量版的。”

“请原谅……”她无力地说道。

她这句道歉比我想象的还要简单，这让我吃了一惊。“不，没关系。”

我想象着优子会气势汹汹地怒斥：你还有什么好说的？

“非常抱歉！”她一定在慌忙鞠躬，我感到周围的空气被呼呼地搅动着。烫发药水的气味也飘起来。

“你把包放在这里就行了。”我指着我的左侧说道。

“你真的，什么都看不见吗？”她好像立刻就忘了自己顺手牵羊的计谋被识破的事，语调又恢复了正常，“什么坏事都能被您看穿呢。”我虽然怀疑她是不是带有反省的意思，但她此时说话已经换上敬语了。

“我什么都看不见。但是，肯定另有别人在看。”

“另有别人？”

“神灵。”这个词说出来总让我觉得不好意思，于是我马上继续说道，“比如限量品的神灵之类的。”

“古驰包的神灵吗？”

“对，就是就是。”我说完，感觉到她动了一下。接着，我听到她弯腰把东西放到椅子上的声音。她把包放回去了。

“谢谢。”我微笑道。

她的脸向我凑过来。“大哥哥,你可真帅气！”她轻快地说道，“温和又沉稳，还聪明。”

“但是眼睛看不见。”我并没有自卑的意思，耸了耸肩。

她靠了过来，毫不迟疑地说道：“这才更显得特别呢。”片刻之后，她叹了口气：“唉——”她好像在看我身后的某处，“我看到我爸爸了。”

“开出租车？”

“对。他果然来了。我都说了要他别来。”她好像打心底不高兴，“我去把他赶走。”她说话的口气好像要扔石头赶走乌鸦一样。

我既不能鼓励她这么做，也没法为他爸爸说话，不知该怎么回答。

“再见了。”她跨着大步走开了。

我动动右脚，碰了一下贝斯。看来它一直都在睡觉。我心想，它连看门狗都不愿做吗？我伸出左手，摸到了包。没错，这是优子的包。我将包拉到贴身的位置,这样她就不会生气了。不知何时，台上的演出已经结束。一阵说不上狂热也算不上礼节性的掌声响了起来。近旁传来许多人起身的声音，变得有些喧闹起来。

7

我怎么会没察觉到阵内正向我走过来呢？

我觉得很不可思议。我本以为我对熟人的脚步声和气息很敏感。虽然我感觉到有人正朝我走过来，但这个人的气息和阵内的不一样，所以并没有留心。或许是我刚才心不在焉吧。

“你来了啊。”我听见一旁的说话声，吓了一跳。对方猛地在我旁边坐下，我听见了重压的声音。

“阵内？”

“没错，就是我，阵内。”他得意扬扬地念出自己的名字，“真巧啊，在这种地方见到你。”接着，他将一样东西放到长椅边上。

“我听说你在这里打工，所以就来了。我以为你一定是在台上表演呢。”

“才不是表演呢。我吃够苦头了，这种活真是不好干。轻快活不赚钱，这话还真对。”

“你以前难道以为这话是骗人的？”

“算是吧。”阵内满不在乎地回答道，“累死了，真是的。”

“我总觉得你和平常不一样啊。”

“算是吧。今天的我不是平常的我。”

“简直像个谜啊。”

阵内闻言，一时不说话了。他大概正在打量我。

“怎么了？”我问他。

阵内轻轻一笑。“对你来说，也有猜不透的谜啊。”听他的口气，仿佛他感触很深。

“对我来说，一切东西都是谜。”

“少骗人了！”阵内的声音这时又高了几度。他的嗓门本来就洪亮，不用叫喊都能传出很远。“你什么都知道。你眼睛失明，却什么都看得见！”

他这句话或许从很远的地方都能听到。仿佛空气中罩了一层膜似的，四周的声音都小了下去。那些坐在周围长椅上的人完全停止了对话。我感觉到许多视线。“莫非有人正看着我们？”

“嗯，是啊。好几个人正看着我们。真没礼貌。”

“他们一定是觉得我这个盲人很稀奇吧。”

“恐怕不是，”阵内轻描淡写地断定道，“他们是在看我。”

轻微的声响从前面和右边传了过来，都是些微弱得像翻报纸或海岸边细浪拍沙的声音。虽然我不知道内容是什么，但人们应该正在相互耳语，或是几个人在一起悄悄议论。

“我总觉得周围有人偷偷摸摸地说话，烦死了！”阵内不高兴地说。

“可能是把我当成了话题。”

“你的自我意识过剩了！你就是一个普通人。吸引世人眼光的应该是更加特别的家伙。”

“你举个例子，是哪方面的特别？”我笑着问道。

“比如说那种东西。长着人脸的鱼，世界上是有这么一种鱼吧？”

“我以前在电视新闻里应该听到过。”电视上说鱼的身上显现出人的脸，但我想象不出来。

“还有什么下半身是动物，上半身是人之类的东西。”

“你说的是肯托洛伊[1]吧？”优子曾经告诉过我。

“那我问你，它究竟算是人还是马？”

“这个嘛……”我被阵内的奇谈怪论弄得半是瞠目结舌，半是心情愉快，“可你又不是肯托洛伊。”

“不，我跟它很像。”阵内的过人之处就在于能把这样的话说得有板有眼，“我很特别，所以那帮瞎起哄的人正看着我呢。”

“明白了，我承认。”我像投降似的摊开双手，“你是很特别。大家窃窃私语，都是因为注意到了你。”

---

①希腊神话中半人半马的怪物。

四周的议论声在我们的对话间慢慢消失了。台上再次传来乐器的声音，大概是下一个出场的初中生正在做准备。

“优子也来了，但还没回来。”我将注意力集中在耳朵上。感觉耳朵外侧就像挂了一个助听器，能将远处的声音都网罗到。

这种时候，我会觉得自己正站在一条河中。我回忆起上小学野营时踏入山谷间河水中的感觉。

河水不断在我身体周围流过，有时冰冷，有时暖和。我周围的声音也和流水一样。那些在我周围一个接一个响起的声音：音乐声、说话声、嘈杂声和噪声，都在不断流逝。其中有一半是风的声音、汽车行驶的声音和远得听不清说了什么的对话声。这些也正从我身边流过。而就像从河里抓住一条游动的鱼、一块落下的石子、一根漂流的树枝或一只水生的昆虫一样，我也只拾取需要的声音。有些声音是如果不聚精会神、不把握好时机便捕捉不到的，不过也有些声音并不需要怎么费力就能听出来。

走在喧闹的大街上，我会感觉自己正站在一条水声轰鸣的浊流中；而走在深夜寂静的人行道上，则会感觉自己正站在流水淙淙的小溪里。

总之，我就是这样把握声音的。所以，如果有什么我无法听清的声音，我就会不自觉地伸出手，想用手指把它抓住。后来，优子告诉了我，我才知道别人不会这么做。

我转动脖子，把耳朵朝向其他方位。到处都听不到优子的声音。

“你要是找她，我刚才倒是见到了。”

听阵内轻松地一语带过，我多少觉得刚才的努力白费了。“什么？见过了？”

“就在小商店门口。那里人太多，排了很长的队。站了那么多人，大家都以为是在卖什么很少见的饮料呢，所以队越排越长。其实只是打工的店员手脚太慢了而已。”

“是吗？”

“然后，排了很久的顾客又对店员发牢骚说：‘为什么买这种果汁都要等这么长时间？’店员又跟顾客赔不是，于是又浪费了不少时间。简直是恶性循环。”

“优子也排在那里吗？”难怪她这么久还没回来。

“是啊，正在其中。她排在恶性循环里的恶性循环里。刚才我拍她的肩膀跟她打招呼，她都没反应。”

“我想优子不会对你视而不见吧。”

我说着，却发现脚下的贝斯对阵内的反应也跟平时不太一样。平时，贝斯总爱缠着阵内。虽然贝斯很听话，但也有桀骜不驯的一面，对除我以外的人很少表现出亲热。但只要阵内来了，它马上就会高兴地把脸蹭上去，尾巴也一摇一摇的，变得像一根失控的喷水管。优子总会歪起脑袋说：“为什么会这样？”但我却隐约能看出原因。

这恐怕是因为比起人来，阵内更像一只狗。他对初次见面的狗都会说：“你还好吗？”就像旧识重逢一样。这么一问候，狗大概也不会对他起坏心吧。

连贝斯今天都没有向阵内靠过去，我觉得很不可思议。虽然它没有发出呜呜的低鸣，但放松的身子似乎紧绷了起来，尾巴也没有摇。

忽然，一阵不安袭向我的心头。我向左边转过脸。你真的是阵内吗？

8

一阵向我们靠近的脚步声响起，感觉就像在河水中悠然自得地游动的小鱼。那是小步快跑的声音，频率很快，声音却很轻，我推测这人大概体重很轻，是个孩子，或许是个小学生，从脚步的节奏判断，只有一个人。而后面又传来节奏缓慢的脚步声，恐怕是孩子的父母。

"糟糕！"一旁的阵内自言自语道。

"怎么了？"

"被发现了。"阵内活动身子，好像把什么东西举了起来，灰尘飘舞。

"啊！"那个小孩站住了，就在我正对面。"狗！"小孩大声喊道，"喂，你在这里干什么呢？"话语间仿佛每一个词都混着奶味，又香又甜。是个小女孩。

“它在睡觉。”我教导般告诉她，同时伸出右手，摸着贝斯的脑袋给她看。于是我也知道了贝斯的眼睛是闭着的。

“哦。”小女孩往下看了一眼，压低声音，但马上又说道，“那这边的狗呢？”

阵内怒道：“我才不是狗呢！”

阵内像只狗，这正是我刚才想的事。我对小女孩的说法会心一笑。孩子可能更容易看穿事物的本质。

这时，另外的两个脚步声停住了。那一定是小女孩的父母。我立刻就听到了女人的声音：“对不起。”她的声音里包含着轻微的歉意、害羞以及因女儿的可爱而产生的自豪，仿佛一阵风吹过一片质地柔软的布料。

“这孩子，把什么都说成是狗。”这个应该是小女孩母亲的女人唤了一声小女孩的名字，然后对她说道，“都说了不让你乱跑。”

“明摆着嘛，我哪里像狗了！”阵内生气了，抗议道，“我什么地方，又是从哪里看，像只狗了？”

“是啊……”一个像是小女孩父亲的男人笑道。“可是，你在这里休息，这样不太好吧？”男子问阵内。

“只要不被发现就行。”阵内心中的不快好像被扎成一束，通通从嘴里吐了出来。

“绝对会被发现的。”女人笑着说，“你要是待在这儿，肯定要挨批。”

“真是的！”阵内咂舌道。

我心想，他们难道是阵内的同事吗？他们好像知道阵内在这里工作，也识破了他正在偷懒。不一会儿，这一家人就离开了我们的长椅。但就在这时，一样东西掉在了地上。我听见好像是几块金属物体同时摔在地上的声音。声音并不大，低沉而短促，应该不是谁都能轻易发现的东西。

“阵内，刚才那几个人掉了什么东西吗？”我推测着声音的位置，伸手指着说道，“就在那里。”

“啊，钥匙掉了。”阵内答道，“可能是刚才那一家人掉的吧。”

“你捡起来还给他们。”

“我不干。”

没想到他会给出这么冷淡的回答，让我吓了一跳。“啊？”我反问道。贝斯的头也忽然抬了起来，它还是没有放松警惕。“就是捡一下而已。”

“我不想捡！”阵内一字一顿地狠心说道，“我不干！”

可我也没办法捡。我盼望着头脑机灵的贝斯能叼过来，可脱掉导盲鞍的贝斯甚至比未经训练的狗还不愿意动。

到头来，还是阵内用他一贯的大嗓门告诉了他们：“钥匙掉啦！”

我心想，与其等他们回头，自己去捡不是更快吗？而刚才那一家人也在十米开外的地方停下脚步，一边说着“谢谢”，一边走了回来。

9

“我该回去干活了。”阵内站了起来。优子此时还没有回来，连脚步声也没有。

“你回去打工？”我问道。

阵内一边窸窸窣窣地拿起东西，一边回答我：“差不多了。”

我正想接着问他是在哪儿卖什么东西，不料背后传来一个中年男子的声音：“你这可让我们不好办啊。”他这种慌慌张张走过来的方式，可以察知是出于愤怒或者焦急，但看来应该是前者。“你在这里干什么呢？”这口气稍带怯懦，却一本正经，让我觉得他应该是个有常识的公司职员。

“我这不就要回去干活了嘛！”阵内怄气般说道。

“你在这里休息，会让我们遭殃的。刚才就有顾客来投诉了，说你待在这儿休息。”

“真烦人。我错了，我道歉！”

这可不是道歉的态度——我一边想，一边又觉得哪里不对劲。阵内在这里休息，为什么会给其他顾客添麻烦呢？

“对不起，是我把他留在了这里。”我站起来，面向后方，想象着男子站的位置。

“跟你没关系！”阵内说道，“反正现在也是休息时间嘛。”

“对面不是有员工休息室吗？”

“我本来是听说让我来弹吉他，我才过来的。可我一过来，你们又说暂时只有铜管乐队的演奏会，让我干别的事情。为难的是我才对。”

“我说，你既然是来打工的，怎么说话还这么嚣张。”

正是如此。我内心表示赞同。虽然我不知道为什么不能来这里休息，但既然有成文的规矩，那就必须遵守。最好道个歉，赶紧回去工作。

还没等我对阵内这么说，他却发作了。“知道啦！你别再说了。我也不想干这些，不干了！”

只听咚的一声，阵内将手上的东西交给了我。我慌忙用双手接下。这东西很大，不抱着接不过来。手上传来大概是毛巾一样的触感。灰尘的味道随即钻进鼻孔，着实让我咳了两下。

阵内已经走了。

“我说你——”男子边喊边追了过去。

“等等，阵内，这是什么？”我抬起头问道，就像抛了个球，等着他的回应。

阵内停住了，然后回答道："那是熊头。"他渐渐走远，脚步声真的和我熟知的不一样。

10

优子一回来，便被我放在大腿上的“熊头”吓了一跳。

“这是什么？”她大笑起来。

“阵内放在我这儿的。”

她将一杯排了长长的队、等了很久才买到的饮料递给了我。碰到纸杯的瞬间，我感到一阵冰凉。

“热咖啡卖完了，我买了冰咖啡。”优子说道。

我将杯子拿在手上，确认吸管的位置。

在把吸管放到嘴里之前，我将她不在的这段时间里与阵内有关的一连串事情告诉了她。

“难怪啊！”优子笑着说道，“阵内在扮熊吗？”

“熊？”很久以前，优子就告诉过我关于熊的事情。那是一种身体庞大的哺乳类动物，居住在山里。她还说过，简单而言，它就像凶猛残暴的拉布拉多寻回犬。真的是这样吗?

“这应该是熊外套吧?从头到脚的。刚才在舞台旁边不是有只熊在发气球吗?那应该就是阵内。难怪看不见他。”优子感慨地说道。停顿片刻,她又补充道:“阵内在熊肚子里面。”高兴之余,她又说了句英语,“他是 in the bear!”

“哦……”这么一说,有几个地方就说得通了。阵内一定只是摘掉了熊头,脖子下面应该还是熊的打扮,所以脚步声跟平时不一样。贝斯害怕他的原因也找到了:虽然说话的声音是阵内,可他的身体比平时胖了一圈,气味也变了。“阵内坐在这儿的时候,我确实感觉引来了周围很多人的目光。”

“那是因为这里坐着个脖子以下是熊、头却是人的男人,大家当然会看过来了。”

“原来是这样。”

“那阵内撇下这份零工不干了吗?”

“他态度可真不好。”我笑着说道。刚才他一定也是因为穿着熊外套,才没法去捡钥匙。

“将来,阵内能不能成为一个正经的社会人呢?”

“我也放心不下。”

“要是有什么跟他性格相合的工作就好了。”

“但他也可能出人意料地一开始工作就变成见识卓越的成年人呢。”我这么说完,心里却觉得这不可能。

“这个头很碍事吧?为什么不放在一边?”

听优子这么一说，我忽然想起一件事。“我说，优子……”

她好像已经衔起了吸管，没有回话，代之以嘶嘶的吸水声。

“可能有个大叔在我们附近躲躲藏藏的。”

“大叔？怎么回事？”

“他是来看女儿表演的，但女儿却生气地说‘你快走’。真是个可怜的大叔。他现在可能就藏在什么地方。”

“那又怎么了？”

“你能把这个熊头交给他吗？他戴上这个，往观众席上一坐，这样就看不出来他是谁了。扮成熊的样子听女儿演奏，不也挺好嘛。虽然他只是个开个体出租车的大叔。”

“你是认真的吗？”优子好像在忍着笑，鼻子里断断续续地喷出气来，嘴里也吐出气息，“你这种奇怪的想法，一定是受了阵内的影响。”

我的脸此时一定羞得通红，脸颊和额头上只觉得一阵暖热。算了吧，我心想。于是我将熊头放到长椅旁边。贝斯好像吓了一跳，身体动了动。

“咦？”优子好像猛地张开了嘴。

“怎么了？”我反问道。

“阵内回来了。”她答道。

“啊？”我也很惊讶，但确实听到慌乱的脚步声越来越近，就像一大群鱼声势浩大地从小溪上游游了过来。周围的水流也乱了方向，四处流溢。他穿的不是普通的鞋，肯定错不了，他就是穿着熊外套的阵内。他还在这里吗？但一转念，我又不得不哑口无言。他竟然还穿着熊外套！

“阵内，你怎么了？”优子问他。

“永濑，把那个借给我。”阵内说道。他呼吸急促，应该是跑步造成的。接着我感觉他在长椅旁边弯下腰，然后传来将东西拿起来的声音。

“说什么借，这个熊头本来就不是我的。”我苦笑道。

“对，那再见了。”我感觉出阵内十分慌张地将熊头戴在了头上。

“你要继续打工吗？”我问道。

阵内高扬着声音答道：“打工？才不是！”

他这副兴奋劲，是我至今没见过的。“你怎么了？”

“我找到了！”

“什么东西？谁？”优子问道。

阵内似乎已经不打算跟我们多说了。“都过了这么多年，居然在这个地方优哉游哉。而且又带着高中女生，又是这样！真不敢相信。”他梦呓似的自言自语道，“人真的是不思悔改的吗？”

“你在说什么？

阵内将脸凑到我和优子面前，又说了句莫名其妙的话：“人打人难逃追究，熊打人总不会有事吧？”

“所以说……”优子似乎也被阵内的气势压倒，说话声也变弱了，“阵内，你要去打人？”

“要是忽然挨了熊一顿揍，那浑蛋应该会吓一跳吧？凭那浑蛋的见识，一定没想过熊会打人吧。”阵内已经完全在对自己说话了。他嘴里的“那浑蛋”指的是谁？他要对那个人怎么样？我根本无法想象。“我不打算原谅他，但这样一来，也算有个了断。”话一说完，熊头大概也已戴好，他的气息就全部消失了。

我和优子还在发愣，阵内已经走远了。

“他这是干什么？”优子向我问道。

“不知道。”我坦白地答道，“但阵内的样子跟平时截然不同，一定出什么大事了。”

“是吗？”

“你看得见阵内正在干什么吗？”

“他穿着熊外套，正往舞台旁边走。啊，他好像在追一个人。”

“追一个人？”

“应该是那个穿西装的男子吧。他正和一个穿制服的女生走在一起。”

“他是谁呢？”

“谁知道呢。反正他一路小跑着在追。被熊跟踪，这倒也新鲜了。”

“他不是说要打人吗？”我一阵困惑，将自己的担心说了出来。

接下来，阵内的身影好像跟那个西装男一起消失在了舞台后面。

“我们去看看情况吗？”优子说道。

“还是别去了吧，我预感会不妙。”想了几秒钟后，我答道。

“我也这么觉得。”

优子轻松地笑了，我像是被她感染，也跟着笑了起来。阵内其实是很高兴的，我打心底这么想。我将杯子里的吸管放到嘴边吸了一口。在喝水前，我总要确认一下气味和声音，但这次我的注意力却被削弱了。或许是阵内谜一样的行动牵动着我的心，而且舞台上的演奏又让人心情舒畅，不知何时照过来的阳光和煦温暖，也让我放松了注意力。我就在这惬意之中吸了一口饮料。

然后，我呛到了。

“这是可乐啊！”我一边咳嗽，一边嗔怪优子。我本以为喝进去的是冰咖啡，但到了嘴里却碳酸飞溅。

优子没有说话，她一定在张大嘴偷笑。周围的空气仿佛在说：我是故意的。

脚边的贝斯舒心地将前爪放在我的鞋子上，又把脑袋搭了上去。

一种悠然自得、仿佛被羽毛包围的柔软感觉在四周的空气中弥漫开来。虽然没有见过鸟，但我觉得飘在空中的鸟大概也是这样的感觉。我甚至想，我可能就是一只鸟。

虽然这一小段时光根本轮不上垂于青史，但对我来说，确实是一段很特别的时光。我真希望这份特别能够长久地持续下去。这是不是有点太天真了呢？

参考和引用文献

《家庭法院调查官报告 从心理临床角度看未成年人案件和家庭的深层关系》，桑原知子、辻村德治著，日本评论社

《来家庭法院的人 与调查官的相遇及之后的故事》，山田博主编，家庭问题信息中心编，日本评论社

《夫妻纠纷 家庭法院调查官的视角》，佐竹洋人著，朱鹭书房

《家庭法院调查官的速写本 我遇到的孩子们和〈少年法〉》，寺尾绚彦著，日本评论社

《我是家庭法院调查官》，藤川洋子著，日本评论社

《公务员系列⑤ 一册知晓家庭法院调查官》，法学书院编辑部，法学书院

《导盲犬手册》，松井进著，文艺春秋

另外，十分感谢事先阅读《银行》一篇并给我提出宝贵意见的长尾重延先生。虽然最后写出的故事脱离了现实，但长尾先生的意见给了我许多参考。

在此，也向武藤俊秀先生表示感谢。在我收集家庭法院调查官的资料时，武藤先生欣然接受我的请求，帮我确认内容。正是因为听了武藤先生讲的那么多故事，我才能写出不同于当初预想的内容。

这五个短篇最初是分别在杂志上单独刊载的。若您能从故事开始至结尾将其作为一个长篇故事来读，身为作者的我会感到很幸运。

图书在版编目(CIP)数据

孩子们 / (日)伊坂幸太郎著；黄真译. -- 2版. -- 海口：南海出版公司，2019.9
(伊坂幸太郎作品)
ISBN 978-7-5442-9593-2

Ⅰ. ①孩… Ⅱ. ①伊… ②黄… Ⅲ. ①长篇小说-日本-现代 Ⅳ. ①I313.45

中国版本图书馆CIP数据核字(2019)第065076号

著作权合同登记号 图字：30-2018-090

孩子们
〔日〕伊坂幸太郎 著
黄真 译

出　　版 南海出版公司 (0898)66568511
　　　　 海口市海秀中路51号星华大厦五楼 邮编 570206
发　　行 新经典文化有限公司
　　　　 电话(010)68423599 邮箱 editor@readinglife.com
经　　销 新华书店

责任编辑 张　锐
特邀编辑 王　雪
营销编辑 王蓓蓓 范雅迪
装帧设计 韩　笑
内文制作 王春雪

印　　刷 北京盛通印刷股份有限公司
开　　本 850毫米×1168毫米 1/32
印　　张 9.5
字　　数 188千
版　　次 2014年1月第1版 2019年9月第2版
印　　次 2019年11月第3次印刷
书　　号 ISBN 978-7-5442-9593-2
定　　价 55.00元